T0107836

éloge de l'arbre

© encre marine 1994 1° édition
© encre marine 2002 2° édition augmentée
Fougères 42220 La Versanne
ISBN 2-909422-65-8

françois solesmes

éloge
de l'arbre

encre marine

POÈME

I

L'INTIMIDANT ! L'impénétrable !
Et la figure du foudroiement...

Jamais l'antiquité, l'immensité de l'océan ne m'intimèrent silence ainsi ; ni la mobile beauté, la charge d'ombres de la femme.

Qu'ils vantent l'arbre, ceux que sa masse éploie. Le fût de loin me foule au pied et me rend à l'humus, le ciel en trombe sur ma nuque. Car tout grand arbre scelle une dalle.

Tel celui que défait la vue de l'adversaire – et comme éclate alors sa présomption ! – je suis sans bras face au bretteur à bras gigognes tenant une troupe en respect. Et sans pouvoir est ma

pensée que désassemble, égare la feinte dispersion. Sans mouvement encore devant cette puissance de déduction – et la façon qu'il a de se tenir
hors de portée. Par une double fuite inverse ?
Par son fût forteresse où s'aiguise l'espace ?

Je me retrouve en l'arbrisseau à l'essor me-
suré, à l'expansion confuse. Je hante l'aubépine en ses flocons d'amande amère ; je fais
sous mes paupières mes dévotions au chèvrefeuille ; je salue l'églantier quand s'y abîme la
cétoine ; je pille le roncier au grènetis de sureau noir,
    le prunellier dont le frimas confit les fruits...

Toujours pourtant, il y eut cette quête, par
une sente abrupte, d'un vaste feuillage troué
d'émaux champlevés, franchi de bonds et de coulées de martres. Toujours et dans le temps où je
cédais le mieux à la mer, à la plage, à la femme,
à la couche ; à ce qui s'allonge et s'épand ; à ce

qui s'apparie à toute horizontale et la féconde et la renfle en fuseaux.

Avant d'aller nourrir les couches-mères de la Nuit (demain, la mort aussi déroule une étendue sans borne), je voudrais donc lever la face. J'ai soif, comme le flot s'éprouve au roc, d'affronter à mains nues un arbre inébranlable. Sa haute taille pour angle de vision – et tout le paysage de se couler derrière le fût.

J'ai soif d'imposition – d'adoubement ? – qui m'imprime dans l'âme une arborescence de houille.

J'aspire à comparaître. Debout, pieds entravés ainsi qu'il sied. Et d'abord confondu de cette gloire en gerbe ; car je t'entends si bien, arbre condescendant, à la superbe d'autochtone :

"Que me sont le suffrage, la louange ? Ne suis-je pas un déploiement d'offrandes ? Le terme et l'échappée d'un dédale de bois, il n'est de feuille qui ne soit dédicace.

"Oui, que me fait l'éloge, à moi qui suis célébration ? Je vanne la lumière : n'est-ce pas la prôner ? Je sertis de clarté une nuit ramifiée. Je propose à tout vent le lit de gravier où reluire ; au nuage en partance le môle qu'on vous retire avec le port, la ville, le rivage.

"Le monde, dites-vous, devrait s'abolir en un Livre ? Lequel égalerait celui que je brandis ? D'un coup sous le regard le texte et son économie, et sa scintillante durée, et la multiplicité de ses sens, – la brise pour le laver de ses scolies ; la brise pour en faire un constant palimpseste. Et la rafale pour le consumer d'allégresse."

Ah, que cela tient vos lèvres closes, un arbre en sa puissance éparpillant son lustre... Image, en son surgissement, sa fertilité de deltas qui s'enchevêtrent, image de l'inspiration, il asservit en vous toute parole en germe.

Et cependant, je suis cité ; ma confusion pour fruit de la pesée.

Toi qui étais déjà en amont de ma vie ; qui te tiendras si loin en son aval, grand arbre, et dont le présent me déborde, n'accable pas de ta mêlée de bras, les faibles miens. Et pour le temps où nos deux cours vont de conserve, apprends-moi la patience à seule fin que ma louange t'agrée.

Le sol est maigre où je puise ma sève ; et court mon souffle ; variable, l'âme ; mais si j'égalais ta constance, ta fixité de stèle, j'entendrais bien ta langue toute labiales et fricatives, jusqu'à savoir déchiffrer ce silence où ta parole se hisse. (Ainsi qu'on le voit au concert s'ériger en faisceau pour exhausser l'accord inaugural.)

Il me souvient d'une section de tronc. C'était d'un chêne, et vaste assez pour y contraindre plusieurs siècles. De la périphérie au centre, de la terre de Sienne aux terres d'Ombre, de Perse et de Sinope, la densité croissante. Un rognon de silex, tranché, y tenait lieu de cœur.

Et j'y lisais non moins l'étoilement. Nés du foyer de la mémoire, de la cime interne du bois moirée de dureté, un soleil rayonnant d'aigrettes, l'épure d'une toile d'épeire où se prendre le temps.

Il me souvient d'un fût en coupe comme d'un gong massant en lui ses vibrations.

La fécondité de la contention... Nous lui devons cette volée de feuilles en eaux profondes, cette volée de voix... A la mesure de la concentration, la multitude en son essor. Ainsi de la déflagration d'une troupe de barges.

Ainsi encore d'un navire une saison encalminé, qu'un déferlage enfin remettrait à l'espace.

Ainsi d'une œuvre unique, sans cesse reprise et accrue dans le mépris du délai, l'affadissement des saisons, l'obédience du cœur. Et plus haute de ses émondes.

Je m'avance dans la prairie où, tel un suzerain présidant ses états, un arbre tient à distance toute autre frondaison. Sous mes pas mesurés, l'ordre des sédimentations, l'égalité d'un sol passé au crible de la herse. Un souvenir en l'air de cassolette à midi consumant des andains... Je foule un sol longtemps rompu que l'inertie agrège. Bondée de nuit et recrue de défaites, l'assise du renoncement.

Un arbre s'y enfonce, que l'esprit voit en candélabre, en échassier dans son repos, en pieu de fondation – toujours participant de la paix épandue.

Mais l'ouragan nous désabuse, ou la marée qui rejette à la côte la gorgone ossifiée d'une souche.

Ce que l'arbre nous masque ? Un pied de conquérant qui poinçonne sa prise, une ancre-maîtresse à maints bras, et d'abord une main crochant la glaise et le caillou.

Il ne sait rien de l'arbre, de sa chronique, de ses mœurs, celui qui méconnaît sa part obscure. Le plus ladre des hommes se rêve pareille main à pas de vis, figée dans les délices de l'accaparement.

Circulaire de sa convoitise, une main rapace extirpe ou pressure. Si lente qu'on n'entend geindre la glèbe ni crier le silex ; mais les dalles sous les cyprès dénoncent l'hydre, ou les temples d'Angkor qu'enserrent les ficus à ciseau de carrier.

Déraciné, l'arbre livre l'envers du tapis végétal, voile jeté sur les lourds secrets de famille, les forfaits domestiques ; sur les monstres intimes :

pris en flagrant délit d'étreintes et de chevauchements, et de violence indéfinie, un amas de racines reptiles, saillant de rotules raidies et de muscles tétanisés,

dresse le répertoire de la torsion et du ressaut, de la capture et du contournement, et de toute figure et procédure d'extorsion des aveux.

Dans l'expansion d'un sauve-qui-peut, un délire ligneux d'anastomoses et de nodosités ; obscène, un spasme inextricable.

Je m'avance vers l'arbre, induisant ce qu'il nous dérobe : en un ralenti de stalactite, l'émeute et l'ingression, l'appropriation et l'arrimage. (C'est là un arbre au cran d'arrêt !)

Et je restaure le langage en ses prérogatives en nommant sceau, grappin et serre, pivot et pieuvre, tarière composée, ce qui se vêt d'un nom bénin, d'un nom qui s'épuise et défaille comme vasière qu'on vide.

$\mathcal{J}$E M'AVANCE et jauge le fût d'un assentiment de la tête.

Vous inquiétez en nous l'aplomb, troncs bossués de loupes, colonnes de poudingue qui promouvez la force brute du bélier.

Et vous qui bientôt renoncez, troncs que le vertige divise à hauteur d'homme, vous n'obtiendrez de nous le bel arceau de gorge de qui boit à la régalade.

Vous manquez non moins à votre office, troncs qui vous dérobez, hirsutes de ramilles sous vos esquisses griffues, pour nous prêcher paresse et confusion.

Quant à vous qui vivez dans les gênes, troncs contournés qu'on mit à rouir et qu'on essore avec force torsions, troncs déjetés aux reptations suspendues de treille ; qui perpétuez le vent jusque dans l'accalmie, vous donnez à l'être du dévers, éveillant en nous le sinueux et le biais, et le pusillanime. Sous nos yeux, notre échine serve, et des bras tendus de presbyte.

Noble, en revanche, le tronc qui consent aux rigueurs d'une génératrice et, vertical, pourfend d'un jet de javelot la haute frondaison. Affaire de climat, d'essence et de parages – et l'aise ici ne vaut. Pure et puissante est la colonne soumise à l'affrontement latéral : s'émonder devant qui vous porte ombrage, et rallier la lumière avec une hardiesse de pilastre gothique.

De la terre qui s'est débondée, fuse un cylindre. S'élever ; ce beau dessein comme éperon au flanc du fût. (Une poigne d'air s'y propage avec la rigueur même qui se faufile parmi les orgues basaltiques.) D'un bond sans ombre, s'élever ;

récuser du plus loin la glèbe inerte. Et la noblesse ici est promptitude... Ah, tête renversée,
voir de son pied un séquoia géant foncer vers
le zénith – en foudre inverse ! Regard ductile,
s'en remettre à l'aiguille inépuisable, au bolide
ébranché de sa vitesse...

Vers la seule issue, s'élever – rectiligne. (Le
canal de Corinthe pour matrice ou pour lit !)
S'élever pour conduire au sol la charge de la voûte.
Si loin de nous toujours, l'ample velum du ciel
de mer ; à distance toujours, le ciel cahoteux de
montagne... Prise aux rets des ramures, il n'est
de nue qui ne s'achève à nos pieds.

(Et que celui qui veut saisir l'acerbe alliance
du ciel abrupt et d'un haut fût de race regarde
au flanc d'un semencier la nuit se durcir, la
turquoise s'aviver. Qu'il regarde surtout, dans
l'interstice, se fortifier le jour.)

$\mathcal{Q}$UE LOUÉ SOIT le tronc qui flatte notre goût des colonnes d'apadana !

C'est d'un regard de manieur d'astrolabe, que rien ne vient rompre ou dévier, que s'évalue l'honneur de l'arbre.

La hampe ! On ne sait quoi à bout de bras brandi. Le pilot ! Appelant quel édifice...

A la fin cependant, c'est trop de nuit occluse, ceinte d'un liège qui s'assouvit de sa matité. C'est trop longtemps, corseté de vie concentrique, accréditer le carcan. Contenue par l'écorce, cette pression d'épaules et de bréchets... Ah, s'élever, mais rompre la contrainte en une sortie d'assiégés.

Et n'est-ce-pas une provocation, que cette mer sagace suspendue, baignant votre rudesse de récif ?... S'y insinuer et s'y vautrer, à la façon du fleuve qui s'éprouve, dès sa source, humé par l'étendue.

Ainsi que l'emmuré parcourant la paroi à paumes apposées sent par prodige une place qui cède – et sa vie est toute alors en ses mains, par quelle fronde projetée ? –, la nuit s'avise que le tronc, alarmé de sa solitude, amorce une reconnaissance.

Latérale. Comme on étend les bras en quête d'un indice, d'appui ou d'équilibre. Pour prendre ses distances, encore – platanes qui couriez la poste dans une cavalcade de puissants os canons...

Mais non, et je te reconnais, toi qui fais sécession ! Tu es tels ces chemins obliques et sinueux qui s'en vont courtiser les collines ou les prendre au lasso. Tu es la part de nous qui bronche face aux desseins austères. Et que nous savons gré à la foule des vagues, à leurs désirs adjacents, de nous distraire de la jetée... Je lis en toi nos diversions et faux-fuyants, nos impatiences. Je nous vois refuser le pic mordu de hargne pour des vallonnements d'étables endormies.

On te croirait, branchage, l'allégorie du dénouement, quand les protagonistes, las des rigueurs de la triple unité, s'évadent de la pièce, à déclamations pénétrées. (Et, sur l'estrade, tombent alors d'un coup les chaînes dont le lutteur s'était entortillé.)

Tu n'es qu'une figure, entre mille, du divertissement.

Que cela seul ? Où ai-je ainsi perçu la scission et l'essor en un tronc ? Un tel ample départ de branche-maîtresse ? Pareil écart ? (Un éclat de canine ouvrant chaque angle courbe...)

Sinon chez la femme fendue, la femme faite fourche ?

Issu du monolithe mâle, ce déploiement de bras sinueux de Çiva est irruption du féminin. Et le hêtre entre tous, de se pourvoir de cuisses rondes, de palerons, et d'échancrures qui tourmentent le tranchant de la main.

Un long temps d'une traite – et simple autant que la défense du narval –, le tronc agrée la dissidence de la grâce ; le tronc condescend aux jalons, aux fourches-fières où brille comme neige une poignée de ciel.

(Fourches en foule assourdissent l'espace et le font fructifier ainsi qu'une troupe de femmes en marche.)

Ramure ! Un art de l'assemblage résume ici tous ses secrets perdus, qui ne sont ni de moise ni de sifflet, de queue d'aronde ou de grain d'orge, ou de tous autres que préserve, en sa rigueur de planche didactique, une ossature de halle ancienne.

Ramure... Dans la griserie du gracile, l'index que le doute écarte ; celui, divinatoire, qui conjecture ; en toute place, jugement suspendu, le trident du libre examen. A l'infini réitéré, le confluent où se tient le sourcier. Ramure est rage d'embranchements, délire de diverticules.

Par subdivisions successives – et c'est partout ce sursaut de silique sèche du cavalier enfourchant son cheval –, des branches suzeraines jusqu'à des pattes d'oiseaux-mouches,

une ramification de ruisseau obstrué de rocaille entraîne l'arbre à l'aventure, le conduisant à des confins extrêmes où palpite la vigilance de fleurets en faction. Ainsi s'en vont les fils impécunieux, par le vaste monde du conte.

A la ramure qui le lézarde, le ciel répond en abaissant ses serres.

C'est alors que paraît, dans une intrication d'horizons (qui donc nous fait tourner, les yeux bandés, les yeux ouverts ?), cet amandier en fleur qui scintille en tout arbre.

$\mathcal{Q}$UE L'HIVER, vétilleux graveur sur étain, recense s'il veut la membrure :

pour l'heure, une vague verte la vêt, menée à son point de rupture. Ainsi, par les rivages, de l'eau hélicoïde.

Qu'avais-je vu de loin, sinon un rocher au reflux, verdi de cladophores, qu'assailliraient, limpides, un banc de piranhas ? Sur un haut piédestal, une éponge fossile tirée d'un lit de marnes ?... Un présentoir pour concrétions de sels cuivriques ?...

Où j'attendais la cohésion, je ne perçois que souquenille en pièces qui s'ébouriffe d'une bourrasque interne. Et cependant, toujours la dispersion est gouvernée, afin que globe ou bien fuseau, dalle flottante, cône ou harpon, et le ciboire de l'érable d'automne, l'arbre appose, précis, au bas du ciel, le sceau de sa silhouette.

Mais il est temps de te donner ton nom à molles et minces lamelles où si bien s'immiscer – feuillage ! Dans cette exubérance qui suit les contentions, tu es – tel le panache de branchies du spirographe –, la foisonnante issue. A te voir exposer tant de monnaie à la convoitise du vent, qui douterait que la dissipation t'anime ? Tu as la prodigalité que redoutent les pères.

Ceignant le tronc, je crois faire mien ce qui prit corps sous les scellés d'écorce, et qui rudoie mes paumes en soudaine astriction : le vœu d'ascèse et celui de patience,

et le dessein de se hausser, de part en part de la rigueur. (Qu'il étreigne un tronc, celui qui veut sentir se propager, ascendante, une cime dans la dure ampleur de son torse...)

Ceignant le tronc, je hante les menhirs et les statues, et toutes choses obstinées ; je hante l'Idée fixe qui sans fin fortifie son initiale ; mais que je t'envisage en ta floculation, feuillage, et je ne trouve en toi que nuées d'esquisses et de velléités, qu'amas soufflé de points de vue. Tel un amant que rassemble et recueille le bras dont il serre une taille, mais que trouble et disperse la chevelure quand elle oscille parmi propos, sourires et silences.

Tu es pourtant plus qu'un dissipateur ! De tous côtés tirant sur tes amarres, tu sondes si bien l'espace – à doigts inquisiteurs, à palmes ténues démêlant l'air et la clarté – que la sagacité crible tes frontières de grésil.

Au bois aveugle et sourd et gourd, tu donnes, qui l'éclaircissent de toute chose, un œil à cornée grumeleuse ; autant d'oreilles que champ de trèfle ; à profusion un ongle vif de vendangeuse ;

et tout un dôme de paupières pour le secret et pour le songe.

où se suspend, comme chauve-souris, – l'en-vers du jour.

*A*INSI QU'ON NOUS INSTRUIT de notre sang – du sanglot d'une pulsation aux médiations touffues des capillaires –, la terre conçoit l'eau. Elle en éprouve, en un pépiement mat, les soupirs, les suspens et l'aise tressaillante. (Tel se discerne, en filigrane de la chair, l'écheveau clair de la tendresse aux troubles voies.)

Mais que saisirait-elle de l'air et de la flamme, si l'arbre ordonnateur ne la guidait, ne l'égarait par les degrés du ciel ? J'entends la terre à senteur de chitine, jamais rompue en labour écailleux sous la géode ouverte qu'une alouette fait valoir. La terre ultime encore autour de qui, à la renverse, dut restituer meuble et bien-fonds.

Que saurait-elle d'une clarté dont elle est le revers ? (Je vois en chaque ombre épandue l'aveu d'un sol gorgé de nuit..)

A la terre tissue de la trajectoire du plomb, d'où viendrait l'expérience de ce qui plane ou palpite et fait son lit de la limpidité ? De l'espace occupé d'éboulements de brume en gloire où la lumière se pétrit et se façonne – nuages, nuages ainsi que l'éclat soulevé d'une flottille de frégates ou de clippers ?...

Jusque de soi l'ensevelisseuse – versants qu'un plantigrade a marqués de sa griffe, terrasses alluviales et glacis d'érosion –, la terre ne s'adonnerait qu'à sa cendre, si un arbre n'y rivait ses racines.

Dès lors assujettie par tarauds et tarières, sollicitée en ses ossements mêmes, on lui réclame un tribut croissant de sels et d'eau.

Ainsi vers Suse, à l'équinoxe de printemps, un peuple affluait-il, porteur d'offrandes.

La puissance exaltée, ô mer ! de la convergence...

Ce qui s'en vint rejoindre en un bassin sédimentaire l'horizontale en sa révolution, l'horizontale en sa décantation, s'éveille à un destin qui rejette la couche.

Se lever, s'ériger comme en ces ères qui affilaient le ciel par une surrection de crêtes et de pics. Se lever, s'élever autour d'un axe de pyrite, longtemps maintenu au secret dans la contrainte concentrique d'un collecteur.

Louanges, donc, aux arbres sourds aux questions, aux impatiences – d'un trait hissant leur charge. (Il n'y eut temps pour une diversion !)

La hissant au plus haut comme figure de l'éloquence que la méditation a préparée à bouche close – et regard invariable d'un Colomb.

Et que paraisse à tous les yeux le pouvoir de succion de la machine élévatrice, tel un cyclone stationnaire qui humerait un étang.

Louanges, entre tous arbres, à ceux qui, incisant le ciel d'un geste vif de vitrier, diffèrent l'entrevue de la terre et du jour. C'est là préparer l'altitude à des noces d'abeilles.

*P*OURTANT, c'est trop rêver de mât où l'espace marin aiguise son biseau...

Une branche toujours enfonce un coin de ciel dans le bois de haut fût.

Quelqu'un là-haut bat les buissons, se cherche et s'évertue, par écarts successifs, parmi les courbes conciliantes et les obliques aux bons offices. Quelqu'un multiplie les invites et favorise les foucades, intrigue et s'entremet, mariant les figures tortues, les allées capricantes de l'irrésolution.

Dès lors, le dessein se divise ainsi qu'au fucus des deltas ; l'échelonnement s'en vient hacher le pur essor. (Comme vous rompez en visière avec le tronc, branches maîtresses...) Et le principe d'unité a le sort des empires que les fils se disputent.

★

Pénétrer le dédale. Se faire nuit enclose et sève aveugle que l'on exhorte et fourvoie de fourche en fourche.

– Qui nous engagea en ce flottis de conjectures et d'objections ? Et pourquoi nous réduire de proche en proche – par distillation fractionnée ! – jusqu'au dernier diverticule ? Saurons-nous retrouver, si souvent réfractés, nos chemins vers les eaux, les ombres mères ?

Ah, qu'on nous dise où mènent tant de dérivations, et qu'espérer de l'excès de scrupules, de la ramification de l'encombre. Qu'on nous dise ce qui se tient aux confins,

de si ténu qu'il faille congédier sans fin une

partie de soi ; de si puissant qu'il ne s'aborde qu'en louvoyant.

Une aile aux contours de médaille, aux couleurs d'une mer que son ciel plombe, une aile est la réponse. Mais les ploiements et rebonds des ramilles, comme lestées puis allégées d'un poids d'oiseau, ne l'annonçaient-ils pas ? Et libre et vaste, le champ de cette houle – quand tout l'arbre va l'amble.

Aériennes l'issue, l'apparition ; et c'est éclore au milieu de voyelles !

Au plus vif de l'espace, tribut levé sur les menthes sauvages, une eau rejoint, à l'extrême de soi, la pure transparence. Et l'arbre est telle une bouteille débouchée dans la pullulation de bière de la fraîcheur ; l'arbre est le principe oscillant d'un ciel en giboulée, ô pépites de lumière au trébuchet de la feuille...

Ecorce et bois mués en tissu qu'on détaille (et n'aurait-on qu'un liard !), je t'envisage, frondaison qui as, de la nuée, l'inconsistance et les dérives.

Tu empruntes au courant les épingles à cheveux des herbes infusées ;

à la crinière hirsute de la course, l'embrouillamini de ton ombre ;

au pennon d'une chevelure au vent, un visage limpide où festoie la clarté.

Quoi ? Tout un édifice pour soutenir un songe, le retenir ainsi qu'entre les tempes à claire-voie de l'endormi ? Qu'y a-t-il, aux confins, de subtil à saisir, qui veut cette constellation de doigts réduits à l'aire ovale du toucher ? Et si ce sont là des paupières, sur quel butin cillent-elles d'un air entendu ?

A moins qu'un cippe ne s'élève sur le tumulus de la Terre ? Un pilori pour Laocoon ?...

Qu'il fut longtemps celé, l'objet d'une colonne
où l'on hisse une nuit en un corset d'écorce…
   Que l'indécis, pourtant, observe, au débouché,
   de vieilles eaux mûries parmi les sphaignes
   s'ouvrir comme édredon de plumes vertes, ou
rejaillir en gerbe de ressac.

   Se déployer ! La résurgence des racines – passé
la conduite forcée – nous vaut ces branches fure-
teuses. Et l'âpreté en vain se masque de feuillage :
l'hiver redonne à l'arbre sa configuration de roi
de carte.
   Se déployer pour que nul horizon ne vous
déborde ; la ronde sans faille du tronc – à révolution infinie ! – changée en vigilance de lentille de phare… Se déployer avec des grâces de
geyser ; puis, de toutes ses feuilles équanimes,
   s'amonceler tel un oiseau qui couve.

   L'expansion porte un peuple aux frontières
comme pour soutenir sans rompre la charge du

soleil – à javelines d'or ! –, mais ce sont là des noces et non une mêlée. Trouant le vert d'agave du contre-jour, l'éblouissement point, de la belle captive qui reconnaît l'aimé dans un oiseau couleur du temps.

Ceux-là seuls nous diraient, – que les dieux changèrent en arbre –, la liesse de la terre et de l'eau sombres quand les assaille en altitude une lumière par siliceuses barbes de seigle versées entre des cils ;

quand un volumineux œil à facettes du plus loin draine et met en pièces l'éclat rubané des rivières.

(Éparpillé, le cri de Pelléas sortant du souterrain, devant le monde ombellifère, parmi les pulsations de la clarté !)

Ils nous diraient, ceux-là, comment un fût, drainant les racines ainsi qu'un fleuve harponne l'affluent, appelle à soi, par la touffe des eaux, et les sels de la terre et les humeurs des morts. Comment on passe, en l'arbre médiateur, des migrations de la glaise à ce fil de l'espace qui se déduit si bien de soi et n'a souci de filiation.

Ils nous rapporteraient comment un monde muré de roche et que l'humus oppresse, gagne l'éther qu'une flûte de Pan dévide, azure.

Comment enfin une bastille d'inertie – et quel congédiement court autour de l'enceinte ! – disperse son refus dans un acquiescement de lèvres ; et, si massive, se découvre un délié de filandres voguant par les automnes.

Et que l'incrédule fixe un temps le grènetis du feuillage : il y verra s'affranchir le limon, se sublimer le parenchyme ; et chevaucher les scintillantes, les instables syllabes de *trans-subsantiation*.

Il surprendra dans l'arbre, qui s'échafaude et s'accomplit, – une évasion.

Et pur, entre les feuilles et les plombs des vitraux, pur est le jour comme laitance d'étoiles répandues.

La liberté s'y goûte sous des palpes d'abeille.

★

L'arbre s'ouvre le ciel et s'y engouffre – par poignées d'eau verte, par flaches effilées.

Et de très hautes palmes s'entrecroisent au dessus de lui.

Pourtant, il se refuse encore, le mot qui filerait en nous comme une sonde, consumant d'évidence tout autre terme ; ce mot si proche, ce mot instant, quand, tête levée, je vois se jeter la ramure dans une inflorescence de nacre.

A cette plongée tortueuse, à ce déluge inverse, je te connais enfin et te désigne, torrent figé, torrent debout de nos cartes murales ! Ces conduits, sous mes pieds, tels des chemins d'Empire centralisé, trament un bassin de réception ; le chenal escarpé enseigne au tronc la turgescence ; et, sur le diluvium du ciel, un cône verse une avalanche de volis.

Mais de l'aval et de l'amont, suis-je si sûr ?

Où est le vrai ? Le sol décoche un arbre ; un arbre qui s'y rue. Torrent dressé, cours réversible. Quel repentir jette ainsi en la source une ramure d'affluents ?

*U*N TORRENT BREF ? Mais que nul souffle ne propage parmi la gaze. Ou serions-nous frappés de surdité ? (C'est une même crainte à l'aube, l'océan au plus loin.)

Ah, que la plus négligente des brises nous éclaire, nous allège quand elle accoste l'arbre afin qu'il l'entretienne d'elle.

Alors, tel un distrait qu'on rend à ses soucis, ou bien l'ancêtre sur son siège, soudain tiré de la plaisance douce-amère de sa mémoire, l'arbre s'émeut et s'envenime.

On le compulse, on le dénombre, et dans un friselis de liasse feuilletée, il se découvre multitude. Une foule assoupie s'éveille et, d'une profusion d'index, elle désigne l'indiscrète qui lui insuffle l'impatience et la velléité. Ici s'esquissent une révérence d'infante, une arabesque d'éventail, une aspersion de palmes ; là un plongeon, une envolée, un battement – et ce ne sont, avec l'apparition de l'instance, qu'amorces de caresses, bribes de grâces, en quête d'un objet ; qu'adieux qui se résignent, pendant que mille mains suscitent un leurre de départ.

Dubitatif, l'arbre entravé de hochements pèse le contre, pèse le pour ; il entremêle assentiments, dénégations, feintes civilités :

"A ce roulis du ciel, faut-il ou non céder ? Qu'est-ce en moi qui se rêve mâture, et quoi, le féminin genou d'une voile enveloppant le vent ?

"L'espace en expansion s'est orienté ; l'espace a un versant et coule vers la nudité à courbure de golfe. (Ô brise, dissémination de l'issue !)

"Criblé d'éther, infiltré de rives – de lèvres ! –, on me concède un cap, un temps maniable...

Et me savais-je, à défaut de voilure, tant d'ouïes battantes, de nageoires ventrales ?

"Ah, suivre le lit de sable qui me traverse et s'y ébouriffer à la façon des poules hérissant la poussière ; devancer les nuages processionnaires et se perdre là-bas, en cette lymphe interstitielle qui s'épanche et scintille aux tempes de la terre.

"Ne plus atermoyer quand se distend, à travers vous, la transparence ; quand le passage y fraie ses voies... Quel invisible Saint-Gothard distribue les sources de l'air ? Et c'est, qui vous échoit et vous épouse, et tire de vous une expiration de sourde lumière, une fraîcheur s'échevelant de face d'eau compacte, fortifiée d'ombre invétérée..."

Quels gages et garants, grand arbre, te prodigue la houle pour que, d'impatience, tu foules tes confins à pas menus ? Ou quels éloges, dont tu nourris ton circulaire encensement ? Et quels espoirs lis-tu, arbre spéculaire, dans le miroitement de tes minuscules miroirs ?

Va, je conçois ta fièvre, ô reclus, ô perclus, quand ton double de ciel s'anime et s'aiguise de givre, et qu'il échange ta nuée de sesterces pour les fruits de l'herbe aux turquoises.

Et quel goût de revanche en l'ovation du feuillage à soi-même... Vive, labile, chaque pointe de rameau se joue d'une membrure à la coriace consistance ; elle récuse une faction de colonne milliaire. Et comme un branle-bas de fourmis ailées en alerte, sur tant de certitude compassée court et volette le soupçon.

Je conçois, je déchiffre ta fièvre, ô réticent, ô taciturne (mais un tel cœur est foudre de silence...) lorsqu'on te presse à soupir soutenu et qu'il en naît un soubassement de langage fait de syllabes défibrées.

Ce n'est là qu'une averse pépiant sur le reps et le cuir ? Une voix s'en façonne ; un murmure en procède. En ses confins où tant de mots furtifs – saule et sève, erre et aigle... – font un éclat d'acier jaspé,

un arbre à présent s'interroge ; à lents remous s'ausculte. Dans la brise hâbleuse qui renchérit sur le printemps – lèvres à loisir multipliées –, un arbre s'abandonne à une verve neuve ; il se fait confidence de ses songes ainsi que l'horten-sia en fleur, en ses conciliabules.

Passage, passage d'une parole vaste qui d'instinct s'amincit.... Quelle douce dévastation de mes mots les plus sûrs s'ensuit ! Et que je me sais disputé, à percevoir au fil du feuillage fugace, l'érosion et l'éclipse de ma propre durée !

*J*E NE FUS PAS TOUJOURS cet homme,
devant l'arbre, qu'on écarte à bras déployés.

L'enfance s'y juchait, hissée d'épaules en épaules par la propagation de l'horizon ; l'enfance y
retrouvait tantôt une remise pour étais et leviers,
timons et mancherons d'araire, ou portants de
coulisses chus en désordre sous les huées,

et tantôt une geôle de Piranèse, emplie de
fourches, tenailles et estrapades.

J'habitais un espace évidé à la hâte ; des rayons
de roues cahotantes naissaient de moi. Au
centre d'une sphère où des coulées d'écorce se
portaient en tout point du regard assiégeant,

j'habitais parmi des haillons de feuillage et de ciel. Chacun de leurs ajustements m'était un cillement de faveur.

L'enfance, un jour, descend des arbres comme elle déserte les greniers aux poutres tendues d'arantelles, ou les granges chancelantes de trèfles et de sainfoin séchés.

L'enfance descend des arbres : la craie le lui enjoint.

Cités qui dépliez de rue en rue votre décor ; cités aux jeunes femmes en trompe-l'œil, vous ai-je aimées, jamais ?

Un même exil nous unissait, grands arbres des jardins où l'on vous parque et vous désigne. (Et je vous sens surpris de vous nommer *Fraxinus excelsior, Quercus ilex, Betula pendula...*) Un même exil, un même goût du territoire.

J'allais vers vous, irrépressibles autant que source musculeuse en son collet de mousses noires. Je prenais place en un climat d'aubier et de serein, me tenant en deçà du fleuve intermittent que vous portez, vous éventez à bout de doigts ; sous vos échanges à branches extrêmes, ainsi que des joueurs se passent le témoin.

Lequel de nous fut le plus étranger, dans cette enclave de massifs où la lumière se dilapide en gerbes d'eau ? Mais je sais qui l'on tenait en respect, à crosses haut levées ; et qui encore bandait ses muscles pour le déni et la ruade.

La cohésion de l'inertie ! Et son avidité... Quand j'étreignais le tronc aux rugosités de varan ; quand je pesais sur le haut front fermé d'entêtement,

ma force me quittait comme l'eau pour le sable déserte la rivière. En moi qu'on dépouillait de mon ultime vibration, l'avènement du liège !

Alors je vous laissai à vos collègues d'antennifères. Je vous traitai en façon de rocher : ce qui jamais n'eut de manières, ni ne fit mine de s'effacer ; ce dont il ne faut se soucier plus que des sphinx sans état ni office de l'Allée de Karnak.

Mais non, c'est là mentir – par dépit d'amoureux : je n'ai cessé de m'enquérir de l'arbre comme on va, conciliant, vers celui que raidit une secrète offense – et qui, à tout, préfère sa rancune.

Puissantes frondaisons... C'est vous que j'écoutais, sur une rive océanique, vous embraser d'embruns et vous abattre en songe – tranchés par la faux de la plage ;

votre nuit fracassée donnant sans fin la chasse à l'espace neigeux.

Ai-je moins le souci d'être vaste et profus qu'au temps où je prisais la mer pour sa dissipation de prodigue qui fait de tout table de jeu ?

Le goût me viendrait-il de l'édifice, moi qui hantais les bords où les fleuves s'agenouillent ; où se résout en rumeur la véhémence d'eaux séduites dès la source ?

Je me souviens de nefs et de châteaux – et d'un regard aussi haché de verticales qu'en un gaulis. Je revois maints coffres de pierre achever, dans les douves, leurs chutes pures de toute ombre. J'entends la résolution d'un accord.

Mais l'âpreté d'un prisme péremptoire en son emphase gouvernée... Et tout ce plomb qui pèse en nos poignets pendants... Ah, ce n'est pas de pierre en majesté qui, d'arête en façade, vous éconduit, à quoi j'aspire :

Croître dans la rigueur, au sein de ma mémoire, tel qu'un arbre se fortifie des sédiments circulaires du temps.

*G*RAND ARBRE qui t'adresses à tous les étages de l'être, tu graves en moi ton ordonnance ainsi que la fougère du dévonien impose, à l'anthracite, sa fuite inverse. Et l'aise qui m'en vient ! Un axe me régit, et la symétrie me soumet comme en ces planches d'écorché où se répondent les vaisseaux et les nerfs. Sans nul écart, la répartition de mes membres et le partage de mon souffle ; et la juste mesure en moi de la licence, de la paroi.

Etroites, mes hanches ? Etiré, mon torse ? Il ne m'importe, si mes poumons me montent à la tête !

De ton pied d'échassier qui songe, – et que l'arbre hanché ne m'en veuille –, l'aplomb accourt au travers de l'assise et toujours me rejoint aussi loin que je sois.

Son rival chû, j'ai vu un arbre scruter l'espace, d'un flanc tel qu'élagué par un aérolithe. "N'est-ce pas là un feint retrait et puis-je m'annexer cette marche de ciel où la lumière si vite fructifie ? Et bluter désormais plus qu'une part de brise ?"

J'ai vu un opprimé sonder le quartz à son flanc nu ; y insinuer à tendres jets, scions ascendants, des veines de jade. A branches charpentières, échelonner le ciel ; puis, à brassées de feuilles, départager le flot et le gravier.

J'ai vu un arbre, demi ramé, contre-peser chaque brindille et restaurer la convergence...

Je sus sa rive au plus loin repoussée et qu'il était jeu de fléaux en équilibre quand le vent ni l'oiseau ne gauchirent plus leur vol ; quand, me

tenant devant lui, un pied sur chaque moitié de
la Terre, je ressentis en moi tout hasard dominé.

Debout. Plus affermi que la statue de Marc-
Aurèle sur ses aplombs. Debout et qui apprit à
l'hominien à s'offrir au fil de la pesanteur, – pour
tenir tête.

Que l'arbrisseau rampe ou circonvienne un
tuteur, par cirrhes et torsades : l'arbre échafaude
et se déploie. Mieux qu'un rhéteur, il sait tout
l'art de l'amplification.

Sans fin s'accotant à l'espace et jouant de
l'épaule et du genou – quand le stipe n'espère
du ciel que l'appui de longs cils –, l'arbre a vocation à grandir en pyramide à degrés ;

à s'agriffer encore, l'azur pour proie. (Verticales en lui : coulée, détente, élongation de
grand félin.)

Ah, s'élever ! En exutoire aux ténèbres massées, en soumission au haleur du zénith... Au plus pâle et cru de la brise, assailli d'un souvenir de salpêtre, exhorté de mille points du jour, se hausser à la ronde par roues de jeunes paons.

Pensant ainsi surprendre ce que fomente l'arrière-pays ? Mais l'exigence en lui de l'envergure ; mais recueillir toujours plus large assentiment des terres... Amonceler de son regard, à la façon de l'homme gravissant un coteau, une pleine besace de paysages à son épaule.

S'élever. Jusqu'à joindre, en un lieu étréci tel un ongle de femme, le fil d'une épée suspendue.

Là, brille un vestige de neige en un revers de pré ; un feu y prend, gemmule de foudre. La sagacité y repose sur son arête ; la pureté s'y taille par usure un cristal. L'absinthe apéritive, l'absinthe emménagogue s'y défait de son suc.

Grands arbres qui disséminez votre cime, la distribuez en bancs flottants, c'est dissiper l'inaliénable, fourvoyer le vertige. Je n'ai plus d'yeux que pour la penne érigée d'un peuplier d'Italie.

Car très solitaire est sa cime. Une feuille faîtière, aussi unique et semblable que la reine en l'essaim, palpite avec l'éclat du privilège. Infime et sans rambarde, une danseuse sur sa pointe affronte la surprise illimitée.

Je reconnais ici l'arbre accompli : sa clé de voûte draine à soi la nasse des nervures ; il a, pour désigner le ciel, la promptitude des clochers.

Cime à hauteur d'oiseaux qui voguent et de vent sans entraves, au point d'interception de toutes sentes, en un climat de navigation hauturière, comme tu te soumets les lames longues du territoire ; ne pactisant qu'avec la mer latente qui toujours plane en altitude, sur les bassins sédimentaires,

pour les semailles de l'immense...

En ce lieu où s'achève un règne, congé donné à l'homme, je vois le dieu du Frêne attacher sa monture. Et je vois mieux encore, au sommet d'un grand pin, en un château de verre, dans l'éclat de leur liesse, un enchanteur et une nymphe qui, sans fin, s'accolent et s'abouchent.

*S*URVIENT le vent.

Franchissant le tamis des airs, survient en grande presse le vent ductile ; et il y a soudain sur terre une affluence d'ailes ralliant à force rames une ample fosse.

Un vent d'aval descend de hauts-plateaux maritimes soumis à surrection par la rumeur ; ou c'est un vent d'amont qui a son gîte en quelque table continentale, en l'une de ces enclaves pour licorne des cartes de nos pères – et il en garde une saveur d'innommé.

Limpidité en marche, le vent survient ; le vent progresse à torse et front de Centaure vers la brèche des airs, plus friable qu'une ensellure de dune littorale.

La course est longue jusqu'au clair abîme de soi où amonceler des feuillets de palimpseste !... Que tout soit donc paroi tendue des fibres du passage ; monde au plus court que la vitesse décolore, afin que se propage de part en part, induit par la narine qui s'arrondit sous l'horizon,

le O très pur de l'ode, celui de l'œil et de l'ombrage, de l'offrande et du oui, de l'orgue, de l'oriflamme, de l'œuvre et de l'office, de l'ombelle et de l'opale, sans omettre celui d'omnipotence.

Et le vent qui repousse la halte – son aversion des versants sources de divergence ! – le vent qui s'éprend de son panorama de golfe, aspire aux horizons où s'allonge une femme, aux steppes et salines, aux chotts et hamadas et paupière de lac, que l'on franchit dans le galop cabré des chasses d'Assur, un bord

à l'autre joint d'un ample paraphe de prince – à l'encre sympathique !

Toute contrée se dissipant dans une ellipse de cristallin.

Le vent s'en vient par le porche du ciel – et tel est son projet : nimber un continent d'une lueur de paille fraîche.

Mais voici qu'une part de soi se déconcerte comme une troupe que surprend l'embuscade, ou qui s'insurge au froissement des assignats. Voici qu'un roide bouquet de doigts surgit dans la transmigration des minces paumes planantes ; et que le vent qui dévidait tisse une bure qu'on lacère.

Dans le flux d'échines de sloughis et de barzoïs, d'encolures de tarpans qui dissuadent le lasso, un entremêlement de pattes piétinantes réinsère le sol. Dans la submersion sèche, la protubérance d'un puits artésien redonne des voix de gravière à l'espace qui s'effilait sur un assentiment de lèvres closes.

A moins qu'un feu n'ait pris sous le ventre de la flamme ; un feu qui darderait une fraîcheur de jardin maure ?

Ou qu'un lambeau d'abîme échappe au comblement longitudinal ?

Dans l'espace ensongé d'un effleurement de silice, un foyer de vigilance fait rage ; une seiche projette son encre au fond du fleuve grand collecteur d'éclairs de truites.

Qu'il est troublant, ce broussin d'anxiété dans la clarté d'épures, d'amorces, et de prémices du courant impavide... Et singulière, la poigne qui infuse à force le brou de noix, la rafle de groseille, dans un épanchement de pollens translucides...

Au sein de la candeur en marche comme front de novices dans l'évasement des cornettes, l'irruption de la nostalgie.

Ainsi, dans l'aire qui s'étirait sans rencontrer que soumission ; dans l'aire nulle d'un Chili à hauteur de cimes, d'un faîte en voie de dissémi-

nation, une volière sur pilotis et son tournoiement de rémiges introduiraient la réticence et
l'argutie ? Dans l'invasion de l'intervalle et l'essaimage de l'illisible – l'immensité en sa genèse !
– une floculation de l'ombre attesterait la Création, ses antres et fondrières et son verre dépoli ?

Le dieu qui, sans ciller, fixe une cible sous
l'horizon – et son regard assoit sa gloire, tendu
comme un faisceau serré de flèches mousses –,
le dieu devrait se soucier d'une sédition ? A
cette pure voracité de soi, là-bas (la terre entière
comme seuil de la gorge), ferait écho le mâche-
ment de molles mandibules ?

Lui qui flottait sur des coulées de flouves et
de fléoles, insaisissable d'esquives, à quelle herse
abaissée achoppe-t-il ? Qui l'interpelle et veut
l'appréhender ?

Lui qui se pourfendait d'oubli, toute pensée
enfuie d'entre les tempes d'un crâne de cristal,
pourquoi lui infliger cet ébrouement de livre
compulsé dans la fièvre ?

Le dieu, de tout cela, s'offense, et des frondes

brandies vers lui. Le dieu soudain suscite une dissipation excessive de sèves ; une hémorragie d'ombre fusant de pulpes pressurées ;

d'un coup, une mutinerie de rameurs sujets à blésité.

Où est le souverain debout, ses ennemis sous le fouloir, qui imposait les doigts à son assistance de ciel ? Où, Celui dont le port étendait notre assise, éduquait nos clavicules, quand nous le regardions se dresser sur une courbe porcelaine sigillée ?

L'exil a pris les traits de ce feuillage en fuite.

Mais la foule, déjà, qui emporta la place, se débande elle-même – et contre soi tourne son ire comme une secte de Flagellants.

Saisi par la discorde et la dénégation, un arbre qu'on poursuit, rejoint, dépasse, jette en tous sens des regards révulsés. (Quelle hydre s'y cachait, qui entreprend l'espace et le déchire et le disperse à gestes convulsifs ? – et le croc est partout, qui exacerbe la famine béante.)

Le clair encombrement d'un arbre, quand il pullule de paniques, se rompt de désarrois ; quand il n'est plus, autour d'un axe en nutation, qu'étagement d'essors bridés, de départs qui s'annulent... (Et la boussole s'en effare !) A nu, le sarment de ses doigts, tel celui qui, entre d'invisibles et proches parois où se heurter, prend sa tête à deux mains pour contenir l'insurrection de ses pensées, ou tenter de dénouer une aporie.

Avec un froissement de sucrin qu'une lame partage, le vent vient, perpétuant l'improviste. De très haut répandu, par longs dévers, un fleuve qui se repaît de ses rives se rue, et, rencontrant l'arbre ajouré, s'y déleste d'ouïes pantelantes ;

y prolifère en des remous de résurgence ;

puis regagne sa crue qui transfuse à l'espace la dissidence des mers.

Le vent accourt, et la vicissitude. Le vent accourt et l'instinct chasse, aveugle poisson des grands fonds.

Des bras indéfinis de poulpe diaphane fourragent et fouillent ; des doigts inquisitifs troussent, véloces comme civelles en Sargasses.

Et l'arbre se dénude, si féminin de l'envers divulgué de son feuillage ;

ô la clarté de lune à son lever, de la combinaison qu'une amante dépouille, durant l'éclipse de la tête ;

ô nuque lumineuse d'être un foyer de longs cheveux dans la tourmente...

L'azur qui se lapide s'en obscurcit.

Le vent accourt ? C'est un leurre du dieu en sa dépravation, flairant de loin l'hamadryade. Et l'arbre a des effrois de femme que l'on force ; l'arbre, ocellé de viols, en vain s'insurge et se cabre sous la saillie soutenue : ici, et là, et là encore, en toute place se forme et se distord, dans la lumière fustigée,

la méduse d'un spasme.

Et ce sont là des noces qu'une chevauchée pourchasse, où la cravache vire et volte, où la strangulation s'esquisse ; mais qu'est-ce qui ne naîtrait de la charge du dieu ?

Où se tenait un arbre coi en ses galeries de suber, voici s'enfler la verve du feuillage ; et l'on nous parle, dans une exubérance de consonnes géminées,

d'une crinière de cavale s'échevelant en flammes et flammèches ;

du corymbe inversé d'une averse et d'un brasier plus mince que masque d'or d'Agamemnon ;

d'une vague de mascaret qui plonge et rejaillit dans la matité de sa neige — et quelles semailles de sel s'ensuivent !...

Quand vit-on l'arbre plus avide, brassant ainsi, à fond de cuve, son monceau de médailles aux reflets de locuste ?

De nulle pluie mieux ravivé, de nul embrasement torche plus prompte, et de tant d'affres tirant une croissance, une multiplication préci-

pitées, quand nous fit-il l'aveu de pareille opulence – ainsi que sourd enfin du sable, en la batée
ruisselante, une lueur de couchant ?

Ah, jamais plus vivant, l'arbre amarré qui vient
au lof et court grand largue, et répond à chaque
saute, voilure durcie de poings, trouée de tentacules ;
jamais plus vif que dans sa plainte de foule
enracinée que profile un proche départ, toutes
les feuilles comme ailes mouillées du mot
Ailleurs !
A la fois le navire tirant sur l'ancre et l'Ile-
sous-le-vent ; mais, l'emportant sur tout, cette
acuité de l'être :
voici, dans l'arbre à l'extrême de soi – de soi-
même le cap effilé – les prodiges de l'Esprit dé-
mantelant une âme pour mieux l'illuminer de
clairs délires. Et le poète qu'a déserté le souffle
rêve d'un tel ravage ; le poète réclame un même
sort. Qu'on le tourmente d'enfièvrement ; qu'on
l'abuse d'un envol sans fin remis ; qu'on le sou-

mette à la question afin que naisse, de lui aussi,
incoercible et seule valide, une parole qui nous
opprime et nous confonde avec bonheur ; une
parole qu'on dirait échappée à un sac du langage, – et quel sentiment nous en vient, d'être
sauf !

*I*NASSOUVI DE SOI, le vent s'aspire d'une traite et se transperce de sa soif. Puis il s'allonge en une combe, se love en une rade…

Ainsi s'achève le périple immobile de la ramure prise en une débâcle de paysages hyalins, en un déboulé d'onde aux corolles crispées.

Alors, dans la paix incrédule qui s'enquiert de ses chances auprès d'un étang resurgi, dans le soir las que le calme institue,

un grillon prie qu'on écoute son grésillement ;

un filet d'eau se lie à l'herbe ;

une feuille, un pétiole, un filet d'étamine nous affinent l'oreille ;

et l'arbre se propose dans la nudité du pendule dépouillé de son oscillation.

Se souvient-il d'un songe qui un long temps le tourmenta ? D'un ciel strié du monde en fuite ? D'un étendard brandi sur un espace attisé d'oriflammes ? D'une instance de courant qui, assidu, longe une péninsule ?

Se souvient-il d'avoir été ce torse à terre qu'un genou presse à fin de souffle ? Et des laisses qu'on tirait de lui ? (D'un trait, l'épopée d'un peuple pourchassé par toutes steppes.)

A-t-il encore mémoire en la pensée – qu'on le voudrait ! – d'avoir haut dévidé un tronçon de rivage enflé du flux ? De nous avoir semblé l'avant-coureur de la forêt marine ?

Que gisent les branches mortes – tronçons de moelle durcie – parmi les feuilles tavelées... L'arbre est pareil à celui qu'on surprit en un moment de trouble, de tentation (ou bien était-ce ébriété ?), et qui publie sa dignité, derechef impassible – escarpé.

Prise dans la razzia de l'étendue, impartie en curée à la meute des sylphes, une cohue en lui s'exhorta, s'évanouit, et le laissa serti de solitude. Et sa prolixité non plus ne se soutint. A peine l'eut quitté le dernier souffle – comme feuille tombant du feuillage adventice de ciel –, qu'il réintégra son mutisme. S'en fortifia.

Ah, qu'on cesse de l'engager de force dans la ferveur confuse : l'enthousiasme ne lui sied, ni ces conduites d'exalté brûlant sa vie ; et non plus les contorsions de l'audacieux quand la rambarde se dérobe ; ou celles de qui se noie, encore, – la détresse hissée dans le bras qui s'agite en flagelle.

Qu'on cesse de le divertir de son grand œuvre par des éveils d'oisellerie ;

de le placer dans le souffle de crue d'un rapide asséché, où découvrir que l'espace a sa pente et sans doute un rivage ; qu'un gouffre au plus loin vous incline, déjà se conciliant votre tête frivole.

Et qu'on cesse surtout de le faire vivre dans l'urgence. Arbre débordé de lui-même, proie de la submersion, de la subversion du temps, que saurait-il puiser en ce qui n'est que transe ? Il s'édifie de cette éternité qui, dans la nuit des grottes pépiantes, exhausse un bosquet de calcite.

Le temps dont il s'accroît ? Celui qui fit, de rognons de silex, ce sable infime sous mes doigts, à la lisière du toucher ; celui qui dissocie les cœurs, les continents ; celui que laissent sourdre un tapis de Kirguiz et le givre des astres ;

celui, enfin, qu'un homme consuma – en sa chambre de liège ! – à rechercher, à retrouver le Temps.

J'AI TROP HANTÉ l'estran où la mer mène un si grand train – l'instant partout jeté comme argent sur la table de jeu… (S'entrelaçant, tous ces bras arrondis pour s'attribuer la mise !) Je me tourne vers l'arbre, mais sans plus me soucier d'un feuillage où l'impatience tient affût. Et la ramure même ne m'importe, où se disperse la résolution initiale.

Je me tourne vers l'arbre et vois ses fins en son seul tronc, pareil à ces greniers d'argile du Sahel dont le haut mur est orbe – avis donné aux prédateurs ;

dans le donjon médian, comble d'un temps

cristallisé, d'un temps en gloire qui se transperce de ses rais aux infléchissements de vibrisse. (Chambre forte irradiée du lingot qu'elle recèle !)

Et d'un siècle ou d'un millénaire est le bondissement du temps hors de sa tanière terrestre ; de vingt ou cent coudées son jet orthogonal ; mais d'un même dessein procède tout grand arbre :

dans notre jour que nuancent les eaux, les yeux, les nues, et qui flue de reflets comme esquives d'instants,

dresser une colonne où le temps se retranche et s'étreigne en ses remparts – et se sauve de soi par la faveur du cercle.

En marge des longues eaux marines sonnant en branle ; indifférent aux soles triennales où la jachère enfin donne leur chance aux ravenelles, aux centaurées ; dominant l'affluence de ce qui bat, cligne ou s'éclipse, palpite ou mue – ainsi d'un peuple enfant friand d'épisodes et d'alternance – ; face à tout ce qui se dissipe en fumée d'herbes sèches coulant s'unir au soir que les bassins exsudent,

le fût de l'arbre allègue le seul Temps qui soit : celui qui rompt, dans le sablier qu'on vient d'inverser, le réseau pur des interstices.

Et nul registre où graver les jours de Trajan : unique, sans rupture, le très haut fait qui se lit sur l'écorce, dans une ovation du regard. Unique à la façon de l'œuvre qui épand, sur notre durée, la nappe d'huile de son temps.

Quand le désert gîte en ma nuque – poing serré sur le vide, et que la page blanche est une paume qui se dresse pour un *noli me tangere* ;

que je piétine entre mes tempes un sol stérile de captif, et quel crissement font les os, dans la stupeur des sources qui béent… ;

quand la plume ressasse en amorces et en repentirs, hirsutes autant qu'une ronceraie d'hiver (et le seul mot – de passe ! – se rejette de retrait en retrait, qui eût mis fin à la croissance sarmenteuse) ;

quand la phrase est une bête rétive qu'on mène contre son gré ; qu'elle entre en dissidence et consomme le désarroi de l'esprit ;

que toute vue est ancienne, toute parole sans rebond ni surplomb,

garde-moi, grand arbre, de me découvrir un cœur découronné, une âme encline à résigner sa charge, pareille à celles pour qui le monde est *dit* ;

tiens en respect la mort, prompte à pointer vers mon désert son museau d'Anubis, à me lapider à petits mots de cadrans solaires, à darder contre moi la flèche oblique du style ;

enseigne-moi la patience des humbles aux prises avec le monceau de leur vie, afin que l'heure ni l'an ne me soient rien, vécus dans l'attente de l'ange.

Et que se lève alors, d'entre les mots suppliciés de silence, celui-là que suscite une vacance avide comme l'espace évidé du reflux ! Ah, qu'il surgisse du fond d'un col sur lequel, du plus loin, pèserait notre expectative… Qu'il fonde, et nous aveugle de sa tache noire de faucon décoché par le ciel.

Qu'il nous aveugle, nous assourdisse : à cela, nous le reconnaissons. (L'archéologue aussi sent qu'il vient de trouver, auréolé de sa coïncidence, le tesson qu'appelait l'échancrure d'un vase. Et telle était sa convoitise qu'elle survit un instant à la possession !) Nous le reconnaissons, ce mot mieux pourvu que le lierre en racines adventives, à sa façon de rejoindre la page, tout vibrant de sa trajectoire et de sa perspective, confirmé de ses alliances, affranchi et scellé de sa nécessité.

Grand arbre sanglé de rectitude, imprime en moi le haut monument monostyle que tu élèves à la constance ! Entre ma plume et la frondaison du langage, dresse un âpre chemin raviné par le temps, pareil à ces chaussées qu'on suit à

marée basse pour avoir part, avec le flux, à
l'échevèlement de l'île.

Quand la plus vaste saison plane à chaque
étage de l'espace et nous assiège d'ailerons de
rumeur ;

qu'on a vidé les pavillonneries pour hisser, en
leurs lentes voltes, le bleu des lessives et celui
des lavandes, le bleu du pastel ou du lin pérenne,
et l'outremer où s'abîmer jusqu'aux sources
nocturnes du bleu ;

quand les femmes donnent corps aux horizontales des plages, qu'elles se défont comme
des grenades écartelées de leurs sucs — toute rive
jonchée de lueurs de froment que l'heure
fléchissante fondra dans sa fluide opulence ;

quand le temps s'ébouriffe en protubérances
(soupirs parsemant quel sommeil ?) ;

et que la Fête ourdit sa toile d'impatience par
les airs,

détourne-moi de tout ce que l'instant consume : du harfang éployé qui s'effondre en la

vague et dont se meurt le chuintement sous un visage à la renverse ; d'un nuage ombrant la prairie telle une nappe de serein ; de la flamme d'un vin que ploie notre gorge amarante ; de ce qui torsade en secret une envolée d'aigrette, un adieu de fumée,

et jusqu'au bel acharnement d'aurores accolées, que l'éclair du plaisir balafre de lucidité.

Tu t'attribues un lieu, grand arbre, aux dimensions du cerceau de foudre ou de muid ; un lieu sur quoi sans fin jeter ton dévolu, étroit empire asservi pour un siècle ou pour dix. Celui-là et nul autre, qu'une main ou le vent t'assigna – car le hasard aussi préside aux fondations de capitales... Non pas, vague et mouvante, l'aire du couvert ou celle encore de l'ombre à bout de longe, mais le champ clos de l'empoignade où piège et prise s'abîment en leur étreinte.

Toi qui es la colonne et son stylite, fais-moi pareil à qui s'en tint à l'horizon du premier âge ; ou à celui qui longtemps occupa l'amande d'un navire, longtemps hala le plissé soleil d'un sillage, et que voici captif à vie d'un site à l'intensité d'esplanade.

Je te regarde – et me connais l'âme frivole et sans clôture. A moi qui prétends voir, ne laisse pas le sable soudoyer mes yeux, quand je devrais, pour l'honneur de l'humain, affronter sans ciller le roide versant de la Vue même en sa sourcilleuse émergence.

A moi qui crois étreindre et ne fais que longer ; qui incante moins bien la terre que l'hirondelle attisant l'espace pansu de pluie proche,

apprends à demeurer, dans l'exiguïté de mes flancs ; à n'envier même le guetteur qui love de ses pas l'étroit chemin de ronde ; ou le moine qu'entraîne, autour d'une Kaaba de ciel, la scansion des colonnettes.

Accorde-moi la fixité du Sphinx, l'ascétisme du môle (sa postérité).

Car je fréquenterais en vain les promontoires

et points sublimes : c'est un regard de ru que je hasarde – quand tu es la visée, et que ta cime ne cesse d'ajuster la cible du zénith.

L'attente donc ; et qu'elle ne souffre pas de bornes et qu'elle ignore tous autres lieux où nous pensons avoir affaire. L'attente, et la perspective dont elle nous traverse. D'elle seule, s'ils doivent jamais nous prêter aide, le surgissement du sens, l'avènement de la vue.

Que démêler, que déchiffrer ? Le monde nous prend à revers ; il ne se livre, il ne se lit qu'entre deux commissures d'ombre. (Ainsi d'une œuvre capitale réduite à citations.)

La plénitude, en sa mémoire, en son présent, veut un regard dilapidé de rose des vents : celui de l'Océan non moins que toi captif, mais qui se hausse à peine à la faveur de ses silences ;

et puis le tien où le jour s'entrecroise ; où l'acuité rayonne par strates infléchies.

Et vous avez tous deux ce cillement qui devance l'abord ; qui éteint, qui annule – éventé !

– le présomptueux. Qui accompagne l'inconstant quand il renonce et qu'il s'éloigne à l'instant même où, sous les squames du langage, un interstice allait s'ouvrir – sur quelles alliances contre nature ? –

dans la coupole du réel.

A l'homme sans racines que voici, qui ne se meut qu'entre des œillères de pénombre, inspire, grand arbre, un immuable dessein à perte de temps. Que dans le jour spacieux de ses fumées et de ses moires – et qui culmine en cette nuque dégagée de femme haute,

ma contention recrée le réduit où un demi-cercle d'orants, une Madeleine assise, mûrissaient les ténèbres en fruit des Hespérides.

Et que j'aie part au sourd dérèglement du monde : j'y entrevois des joutes indéfinies de cristaux s'écorchant de leur éclat ; des lascivités de rhizome, de fucus et sargasses. J'y pressens la dissipation jusque dans l'erg où le sommeil a son soubassement. (Mais les yatagans de la crête !...)

Apprends-moi – tu le peux : en ton jaillissement de grandes eaux verdies, la géométrie est à l'œuvre, et sous ta profusion de vague par hautsfonds, l'austérité s'affaire –, apprends-moi à me défier des dieux quand ils s'ennuient de la fin des pythies. Ce sont là des puissances expertes à instaurer en vous l'urgence, à vous assaillir de leur Temps, par déploiements fugués ; à vous décréter de dictée. Des puissances hors d'âge, qui se plaisent aux réminiscences et se font gloire du gracieux.

Aussi, quand une effervescence de cuverie me sollicite à l'aube – et lors le jeune alcool tient, au jour fade, lieu de cimier – ;

quand l'impatience festonne un rivage en ma tempe et que ma gorge, requise par l'acclamation, est un levain de licence ;

quand ma main bronche face à la meute des mots, à leurs chevauchements de belettes captives forçant l'étroite issue,

rappelle-moi la charge de clarté des eaux à leur étiage, dans le lit surcreusé.

Toi qui, de proche en proche, te départages pour t'accroître, – ta charpente comme un édifice de tris et d'élecions, d'arbitrages rendus

jusqu'à la cime où un très pur discernement se déclare et miroite –,

rappelle-moi à l'exigence : des vocables en foule, je voudrais écarter, qui flattent ma paresse, les plus prompts – les plus faibles – qui vous viennent, en subalternes et supplétifs, des parages ou des confins, plus alanguis, plus assourdis que, sous les doigts qu'elle rend gourds, une médaille fruste ;

je voudrais en bannir ceux qui, d'un beau maintien, s'applaudissent et se choient, car l'emphase s'en nourrit, et l'abstraction a leurs faveurs ;

et ceux encore, qui sans attaches, illégitimes et de quiconque accrédités, s'intègrent au discours en roches erratiques et l'ombrent d'arbitraire. (Et il en est, de ces œuvres corrompues d'usurpations et qui se parent de tumulte !...)

Je me souviens, grand arbre, du labyrinthe pédonculé que l'hiver élevait sur le ciel, et de la cime de toute part désignée pour issue.

Et c'est l'hiver aussi – qui décharne ma face – quand l'esprit jette en vain ses tentacules et qu'il tourne en aveugle comme un mulet de noria ; c'est bien l'hiver, filigrané d'un autre labyrinthe.

Aride le sol, sous l'écheveau des pas ; arides les tempes longées de litige... Mais c'est ici, quand un langage se fourvoie et se rature ; qu'il se dérobe ou se défait dans la pâle lueur d'une mêlée de lances,

qu'il faut de force astreindre le guetteur : il ne se peut que sa veille n'engendre enfin le mot qui, par un coup de main, s'annexera le champ.

Rien que l'invasion d'un sourire. Tout le déferlement du sourire qui bousculait Minos sortant de son palais.

Inattendu et qui nous prend de court et qui le prend de haut, un mot soudain nous jette son défi.

Délavé par l'usage – et ce peut-être l'*aigle* ou le *sel,* le *vin,* la *braise* ou la *paupière* –, un mot a quitté ses entours et reluit, décentré, de son audace de transfuge.

Ou bien se tenait-il au loin, dans la jachère de la langue, recru de son désœuvrement où le relègue notre ignorance. Effacé comme fille qui se croit sans pouvoir. Mais, sur les prétendants gourmés, le plus humble à la fin l'emporte, dans le conte. Et Celle qu'on tira d'oubli ne quitte plus sa robe de lamé.

Inattendu, inespéré, un mot serti de notre attente évince ses rivaux ; puis il répand sa manne sur la page ainsi que la pulpe d'une lampe basse vernisse et nourrit la pénombre. Péremptoire, il relève, il anoblit l'esprit qui lui fait allégeance – si profus sont ses présages et vastes ses alliances.

Surgi d'un haut-pays, là où le temps écoute, un mot s'agrège aux mots pour des unions de quartz et de feldspath ; des noces de chaux vive et d'eau. Image ! Cette invincible coalition face à l'érosion du regard ; ce ferment du réel ; et le piège où saisir une parcelle – une paillette – du monde inaugural...

Car c'est par toi qu'il se revanche du principe de causalité et de celui d'identité, de nos annales et nos annuaires, de nos scholies ; en toi qu'il se fait jour dans la respiration de ses couleurs et le tumulte de ses formes, l'oscillation de sa substance à la fraîcheur de concombre émincé.

Du monde ocellé de remous, réglé par l'accointance, tu rétablis la cohérence, l'indivision ; tu restitues sa fougue et sa paresse de frange marine,

Image, dans la réverbération de ta justesse...

(Et de même l'étang propage-t-il à fleur de terre sa magie.)

Grand arbre qui disperses une veille invariable et qui te ceins d'une vigilance orbiculaire d'épervier, préserve-moi de l'impatience quand je fixe un raidillon de craie (et l'esprit est alors pareil au crible du tarare !) : il ne se peut qu'un terme ne saillisse, où se divulgue un secret bien enfoui.

D'un seul bond hors d'atteinte, son audace saluée d'une heureuse stupeur, un mot gagne son apogée. Aussi distant de soi que pointes de danseuse en grand jeté, en grand écart.

Un mot, et l'on ne sait quel pacte sous nos yeux se scelle, d'un signe d'intelligence, ni quelle pesée trouve là son équilibre ; mais comme le jour s'en exhausse...

où le réel pousse une crête ainsi qu'à la faveur du flux.

Plus imparable qu'aérolithe, un mot – est-ce assez dire ? – irrécusable, irréductible, inexorable, afin qu'il ne soit d'écriture que fatale.

C'est à ce prix que l'œuvre aura le rang de semencier.

Je les ai vus : dans un espace de défaite jonché d'épieux rompus, sur un ciel corrosif où vient de s'évanouir l'Homme de la Manche, la solitude les foudroie, l'incrédulité ne les quitte, d'être épargnés.

Dignitaires ! Enveloppés du plein-jeu de la clarté. En vous le Temps n'étendra plus ses itinéraires – mais comme il tient déjà audience à votre pied !

$\mathcal{Q}$UAND JE ME SERAI bien meurtri
au jour compact de la page ;

qu'elle m'opposera un durable déni, je sortirai. Sans un regard, du seuil, pour l'affluence
des fleurs qui cisèlent et dardent leurs couleurs.

Que d'autres louent l'aragonite du dahlia,
l'évidence écarquillée de l'aster, l'effervescence
de cette pivoine, piétinement d'aurore et de
couchant...

– Quoi ? Pas même l'iris dilacéré en lancettes
et flammèches ? Le vortex de cette rose ? Les
volutes, en celle-là, d'une vacillante valse ?

Je révère autant qu'un enlumineur ceux qui, près des miroirs et buffets d'eau, brodent avec le buis et chamarrent la terre ; mais j'ai trop soif du rayonnement d'une tour où se réfléchirait un abîme de temps ;

– et vous m'offrez des plates-bandes où tout éclat se dissocie, où la précarité s'érige !...

De la femme sont les charmilles et les rocailles, et ces lustres de fuchsias qui outrepassent les balcons ; de la femme, le lys, le glaïeul et l'herbe de la pampa, et la glycine qui proclame un temps d'essaimage ; de la femme, toute orfèvrerie végétale. Et moi je suis en quête d'une laconique puissance – qu'épancherait quelle lanterne sourde ? J'aspire à rencontrer le triomphe et le règne, et, assurée, la fondation.

Je sortirai. Là-bas se tient ce qui ne sait que surgir et s'éployer, comme au terme de sa nymphose un Grand Paon de nuit. Là-bas, des arbres étagent des toisons de moutons noir et des ponces verdies ; et l'espace s'en prévaut : "Si la fumée trace mon chiffre, si l'aigrette m'atteste, et le flocon, je sais m'enfler et foisonner, me tisser d'ombre, me colmater de chanvre à peine roui, et rester là, en pesante nuée d'averse... Il y a place en moi pour l'arc-en-ciel et le menhir ; Ariel et Caliban."

Seuil repassé, remis dans la vicissitude des saisons, dans l'écoulement laminaire des eaux, des vents, des astres, je vois, de fait, des péninsules debout submergées d'algues vertes et de protubérances à texture de polype.

Et ce sont là choses inamovibles. (Si intense est leur fixité, que la contemplation en vibre, et que prend fin leur coïncidence avec soi.) Figées dans leur chute ainsi que les larmes du cierge, des choses suspendues où la halte s'arbore.

Qui voit un arbre environné de mains en extension augure de l'accueil et se promet l'alliance ; mais elles ne savent que décliner, rompre et bannir. Tel un bouquet qui s'offrirait, en secret rebroussé d'épine noire...

Eh bien, qu'il m'éconduise de son perpétuel aparté : je lui sais gré de susciter le sel – signe du souverain. Je n'ai plus le goût de l'herbage où l'âme s'abâtardit, ni du sable d'été dont la peau se repaît. Et que me font à présent la treille et la palmette, et tous les lieux lourds d'indolence dorée ?

J'aspire aux seules œuvres qui nous tiennent à distance, de leur géométrie interne et leur foisonnement de vigne débridée. De l'ombre intolérante que fait, sur notre durée d'homme, leur absolu consentement au Temps.

Et si c'était nommer l'arbre accompli ?

$\mathcal{A}$UX JOURS où l'âme est fade et les yeux délavés, j'aurai quelque souci des humbles. (Je les ai vus, dans un faux-jour de limbe macéré, qui épaulaient un arbre de haut vol affrontant à cime dégainée une auréole de clignements fauves.)

Je ferai cas du nonchalant, de l'ingénu ou du hargneux ; je priserai jusqu'aux baroques – charpente figée dans sa tétanie, tronc que boursoufle une éléphantiasis ; mais je n'ai cure aujourd'hui de l'incertain et de l'hirsute :

j'aborde un arbre qui proclame entre tous la vertu magnétique du ciel ; un arbre encore de grand discernement : il sut élire le zénith de moindre résistance !

Que les pusillanimes s'étaient, en hâte, à la façon du funambule convoquant l'équilibre de ses bras étendus. Lui s'arrache au taillis – ce faire-valoir ! – et s'enlève, tous degrés abolis, dans un étirement de pâte vitreuse,

jusqu'à la strate de lumière brassée de brise, telle qu'en un lit de ruisseau la défloraison du soleil.

Le temps viendra, de ces troncs où s'avoue l'hydre ligneuse et qui ternissent et dissuadent le ciel à force de scrofules. Comme on franchit sans garde-fou l'abîme, je voudrais parcourir, d'une profonde inspiration des yeux,

jusqu'au houppier inopiné,

l'étroit ponceau du fût.

Nul signe ici de sujétion au sol, de soumission au site. (Et qu'en est-il des distensions du vent ?) Nulle trace, en l'arbre accompli, de la vassalité, mais l'armorial d'un haut parage ; mais à tous les étages une couronne scythe – fraîche exhumée de marnes vertes. Tirant de sa rectitude un surcroît de hauteur, voici parmi les leudes, les vavasseurs, le grand collecteur d'horizons, le vaste coordonnateur de convoitises.

Celui-ci seul m'enseigne qui, de ses verticales circonscrites (la circonspection même !) affronta le vertige, impavide autant que les bâtisseurs érigeant le pistil d'un phare dans sa corolle de brisants ; ou ceux-là qui, tempes ouvertes, raidirent de murailles l'escarpement ou la falaise.

Colonne propagatrice du cercle et de l'anneau, et de toute chose bondée de soi – aveuglée de soi ! –, en quelle autre figure mieux retrouver l'unicité du dessein et la rigueur d'exécution ? (Cet éclat, sur le ciel, du mât de misaine que l'on guinde !)

Je salue donc, en l'arbre magistral, une fascine de parallèles effilant notre nuque. Leur point de fuite – haut rejeté – y fait, infime, une commotion d'ombre.

Je rends hommage au déploiement d'un rythme en vain soumis, jusqu'à la frange de l'audible, à la dissuasion du feuillage.

Et je puis, à présent, redonner à l'arbre accompli son nom générique : voici une œuvre – et son noyau de solitude, telle une roche des Météores. En son avidité concentrique et sa constellation d'écarts et d'échappées, l'œuvre même où se fondent les gênes et les chances, les aversions et les tropismes, et le grand ahan de celui qui tirerait à soi la terre sous ses pieds.

Ombreuse du foisonnement en elle du sens, cristalline de sa rayonnante hiérarchie, l'œuvre classique.

Ai-je eu le goût des vallonnements maillés de haies vives, des terres au morcellement de salines – bocage qui, à l'égal du verger, nous parles avec tendresse de la paume de l'homme ?

Et des garrigues, ai-je autrefois aimé le floconnement vert enlacé de cendre et sapé de soif ? Mais je récuse autant le troène ou le prunus, le cytise et le mimosa dans leurs giboulées de couleurs ; et chaque arbuste voué au cordeau et à l'écussonnoir. A taille d'homme et qui trahit en nos jardins la sylve primitive.

J'ai à présent cette exigence : que l'on relève une face inclinée par la poursuite du bonheur comme celle du pisteur sur les erres du gibier ; que l'on redresse ma ligne interne qu'infléchissent les plages, les prairies, l'amenuisement d'une allée, la pesée d'un méandre... Car c'est debout qu'il me sied d'être – ainsi que pour l'indignation, le témoignage, la révolte ou l'épreuve, et tout climat où l'homme sent en lui, qui le fonde et qui l'arme – rigide –, une résurgence d'honneur.

Un axe enfin me règle ; un axe en moi résorbe l'apophyse. Et je suis, devant l'arbre –

non moins que lui livré à la corrosion de l'espace —,

celui qu'on répartit selon le nombre, et l'équité ;

celui qu'on dépouille pour le mieux combler
de bras et de doigts, de paupières et de cils, dans
un épanchement d'yeux pers.

Puissance de la proportion sur l'être prompt
à s'apparier ! On m'entrave les jambes, on efface
mes hanches – mais j'ai la terre pour piédestal.

Puissance sur notre âme d'un siècle d'équilibre... Voici que j'ai part à l'essor qui, à flanc de
tronc pur, hisse une lèvre d'abîme ;

part à ce nœud défait d'élans et d'investiga-
tions, d'esquives et d'errements où tout esprit se
reconnaît ;

part à ta roche alvéolaire, feuillage, foyer de
crépuscule...

A ton excès de ciel, ô cime suraiguë !

Mon arbre pulmonaire dressé hors du thorax
ouvert à deux battants, je sens, qui prend nais-

sance sous la plèvre opaline, un air à saveur de sérac.

La tête à la renverse et l'âme convergeant vers ce lieu d'ostention qui, au sommet d'un grand arbre, appelle à soi l'hostie d'un astre gros de laitance,

j'aspire l'altitude en son tréfonds d'ébriété.

Un fil s'y rompt, un adieu s'y dissipe. D'une rive suprême, un jour filigrané de hauts estuaires – ou de cols tibétains ? – y prend du champ.

A présent que les ziggourats s'ensevelissent sous la cendre des dieux, tu es, grand arbre, le plus sûr médiateur entre la voûte et nous.

Que me serait un ciel qui ne saurait se nuancer d'un écheveau d'agneline (flagrante, la torsade d'une brise suspendue) ?

Qui ne s'encombrerait au soir tombant, d'une bousculade de vigognes apeurées ?

Contrées, empires, où l'aridité mime les pyramides flexueuses de la houle ;

où elle érige, sur des strucures tabulaires, des préfigurations en camaïeu du Krak des Chevaliers ;

terres percluses où piaille une pullulation de pierres, où se vautre et pèse, gravide, une panse d'air bleu ; roches que récure l'émeri du vent,

– déserts, déserts de bronze abasourdis d'un choc de cymbales, mais à foison pourvus de ce qu'il faut pour lapider et pour enfouir,

à l'homme vous n'offrez d'autre séjour, sous votre cèdre immense de soleil, que Vallées de Rois et de Reines, qu'hypogées sassanides,

– une semblable dalle d'immuable ironie apposée aux versants.

L'homme au désert comme inclusion d'insecte en un bloc de succin.

Mais qu'un arbre soit là, et le ciel s'autorise des songeries de mers bordières, de rias et d'anses et de chenaux. Qu'un arbre se dresse et le ciel se gradue.

Que me serait un ciel sans tremplin ni degrés ? Me tenant en amont d'un grand fleuve d'espace – afflux de flèches mousses et de rives chuintantes,

mon plaisir est de voir un trapèze voler – de cime en cime.

Vertical trait d'union !... – Devant la verge d'ancre (sans organeau, pour un double mouillage ?) – j'ai moi aussi part à deux règnes.

De l'arche ployante du pied, je loue le sol de consentir au coutre ; la terre meuble d'assourdir la clameur de curée qui s'assemble au désert, à fleur de sable ou de rocher.

Je goûte fort l'humus à l'âcreté de ronceraie... Mais je révère qui s'arrache à la glèbe et, cabré, m'assigne mon sens.

A peine moins que Toi captif d'un continent, je sens qu'un dieu veut ici m'éduquer, par cette voie ascensionnelle,

– jaculatoire autant que le pilier de basilique seul épargné.

L'assise est sans mesure, où l'attraction se ra-masse et s'arque en échine de panthère ; mais je me coule en ta colonne jaillie de la tréfilerie terrestre ; et tu me mènes,

par la ramure où mille gloires trinitaires s'en-chevêtrent,

par le feuillage qui poudroie de velléités de vertige,

jusqu'à cette feuille

extrême

qui, entre deux ongles d'onyx, tient en sus-pens les masses accouplées de l'arbre et de sa motte sphérique.

Grand collecteur et grand dissipateur de forces, quel usage tu fais de l'alternance !

Quand tu étires les bras d'ophiure, les fila-

ments de ton système racinaire pour mieux tenter la source échevelée qui se cherche au sein
d'une étoupe de nuit ;

quand tu n'es plus que ton projet, tel un
retour à l'esquisse, à l'Idée – et comme tu t'abs-
trais alors en ce faisceau d'élans et de succions
cuirassé d'esquive ! – ;

quand tu ébrases enfin le fût et que la palabre
s'éploie, que la controverse fait rage (quelle branche n'argumente en un feuillage où miroite l'association d'idées ?), – et le bruissement d'une
Bible qu'on feuillette supplante le silence du rou-
leau d'écorce en sa jarre ;

quand – inspiré par un souvenir de toton ?
– tu réduis par degré ta couronne (mais la pupille, encore, s'étrécit qui doit accommoder sur
l'infini ; et petite, aussi, la tête sur l'étagement
de la robe chez l'Infante aux ménines),

tu élabores – en vue de quelle promulgation ?
– la feuille ultime où la Terre se renonce.

★

Tel celui qui, cueillant un fruit, n'est plus, de son orteil à la pulpe des doigts, qu'un muscle unique en extension, comme tu t'évertues vers ce point d'insertion et l'illumines de nacre, grand arbre qui rayonnes en tes désordres mêmes,

arbre radieux de part en part !

Moi qui, face levée, face lavée de l'ombre bleue de neiges éternelles, me tiens à cette pointe de presqu'île, étourdi de libre altitude épandue où vient mourir l'aile planante des vives eaux à leur étale,

il me semble voir, par delà le Ciel où un dieu de colère brandit son Fils aux innombrables bras étroits, fuligineuse, la face outragée d'Ouranos.

$\mathcal{Q}$UI SE PRENDRAIT à tes fausses offrandes ?

A ces mains à la ronde

d'homme public pressé de partisans ? (Sa solitude en devient plus flagrante.) Qui se fierait à l'amoncellement de tes paupières ? La vigilance y couve, à cristaux de grand lustre ; le ciel captif en cille tel un faucon que l'on décapuchonne.

Comme à tous les étages tu nous tiens en respect, arbre simultané ! (Et dans le tournoiement de sa robe, aussi, le derviche s'isole...) Mais non, tu n'as pas même souci de l'homme ; et tu ne concèdes qu'aux airs les mille signes d'intelligence qui te composent une palpitation périphérique.

Nul pas jamais vers nous, la terre entière pour entrave ; la terre et ton vouloir : manifester le pouvoir constellant d'une graine ; faire, en un lieu, pièce à la gravité – et que giclent les fibres sous une poigne de suber...

Du jet d'eau ou de toi, lequel fut de l'autre l'épure ? Qui offrit le premier cette réponse à la poussée interne : alentour d'une hampe, un étagement perspectif, une tissure d'ailes ployées ?

Nul pas, mais le constant dessein de te haler par ton sommet ; de te renfler comme l'oiseau qui s'augmente de son courroux ; de repousser sans fin tes rives où s'agrège et s'éboule un peu de ciel, où relâchent les palombes... Des propulseurs s'apprêtent en ta ramure ; une fusée en toi se rêve, effilant son profil ; et l'eau fasciculée s'érige, publiant la puissance de ta rhabdomancie.

Nul pas vers nous, quand tout circonvient

notre flanc : molle, une veine d'air lilas dans l'agate du jour ; l'âpre versant d'un foin qui sèche ; la menthe verte qui noircit de son suc ton couvert de l'été ; trop proche, l'ardente pénombre enclose d'une femme… Et tu sais bien comme la Terre alors étreint nos hanches ; comme elle pèse au défaut du genou à la douceur de fontanelle,

et quelle étendue d'inertie – couche toujours ouverte – se fiance à notre cendre.

Grand arbre, tu es là tel un navire embossé cap au ciel ; et nous gravitons autour de ton axe ; devancés, suivis, où que nous allions, captifs des lobes de ton regard.

Loin des cohortes d'anonymes ou des légions à l'assaut des ubacs, tu te tiens là, haut carrefour des airs et cœur effervescent de la rose des vents…

Que l'essence ou le port, l'âge ou le site t'aient valu cette implicite élection – perpétuée de paysan en pèlerin, de conjuré en arpenteur – tu rameutes les chemins égaillés, les sentiers qui prendraient le change, et les voici qui tous convergent à la façon des tributaires aux jours d'imposition.

Mais tant d'autres encore, non moins que toi dignes d'estime...

Arbres qui ponctuez une crête – trophée promis au conquérant ou pavillon qu'il éleva ? –, quel savoir est le vôtre – ostentatoire ! – de jalonner la ligne des menaces, et d'avoir vue sur un fief ténébreux d'énergies bandées, de forces furtives... Et c'est parfois – amers ! – le plus vaste versant que vous épinglez à la terre. D'une broche unique plantée ? Mais en réserve, tant de fibules !

(Vous avouerai-je préférer ceux qui, amis des combes et reculées et de tous creux où se débride une eau délurée, n'ont d'autre vocation que d'ensevelir une source en sa pénombre ?)

Et vous, arbres des parcs, de part et d'autre comme un rideau de scène qu'une embrasse retient – et quel sourire en naît... – ; vous qui dévisagez là-bas, tel un front de futaie décapitée, un péristyle qui se nourrit de verticales (ce sont les vôtres, happées par l'espace de fuite), je vous le dis :

ayant suivi, les tempes récurées de ciel, l'âme éconduite de pas en pas, quelques allées de sphinx outrepassés de leur albâtre, j'apprécie vos façons de courtisans guidant une ambassade par le seul échelonnement de leurs personnes à peine s'inclinant.

Arbres d'escorte ! Comme vous endiguez les routes que l'on vous confia pour les mener au terme ; arbres du portique initial démultipliés en parois... Et l'homme à qui on presse les flancs – l'homme pris dans la convergence ! – essaie de gagner de vitesse cette pointe de lance qu'on pousse devant lui, vers l'ombilic bleuté du paysage.

★

Qu'il fasse halte, celui-là qu'éperonne, sans cesse le précédant, son sillage rectiligne : platane, orme ou tilleul, un arbre un peu plus loin se tient. Au centre d'une place ; d'une citerne à bords crantés, comble de ciel, un pontife à peine accable le bourg de sa pérennité.

Qu'il fasse halte auprès du suzerain, celui que la route soutirait : et il verra.

Seigneur censier ! Rien ne demeure de la pierre d'attente – le comptoir aux redevances –, et qui même s'en souvient ? Mais ce sont bien, qui lui survivent, les figures mêlées de la collecte acrimonieuse, du vieux coffre cadenassé ; et celles du partage, de la ventilation à gestes scrupuleux demi-noyés dans le nuage des largesses.

Et de la pierre de justice, qui en pourrait parler ? Pourtant le magistrat demeure, qui dit

le droit parmi les arguties des plaignants pro-
cessifs. Qu'on l'envisage, seul et multiple : on le
verra citer à charge et à décharge, appréhender
et requérir, raidi d'intime conviction. On le
verra sans fin délibérer – et nous qui pensons
qu'il s'évente !... – sans fin statuer.

Et nul sursis : les fourches sont hissées !

Un arbre se tient dans l'indivision, qui ne saurait résigner son office. Chaque effeuillaison du
clocher le traverse de lueurs d'automne – et il
regarde alors l'espace s'applaudir à bras levés dans
une dispersion de papier doré.

Ou il écoute un temps en porte à faux, atteint à silences redoublés par un tintement taciturne – ô glas oblique, glissant vers une argile
fraîche ouverte aux riches nuances de polypore...

Et toujours il présage et il ourdit le soir ; il
délivre, au plus haut du jour, un crépuscule que
le bassin recueille sous sa claire callosité.

A l'heure des linéaments, quand la clarté

s'affûte sur les faîtières, comme au long des dimanches décontenancés de loisir, un arbre convie la communauté à se ressaisir de sa chronique. Mais qu'ils se hâtent, l'homme à palabres, la caqueteuse, et même ces deux-là qui laissent au tortis de la fontaine, à ses frêles froncis, le soin d'effacer leurs confidences ; qu'ils se hâtent avant que, de sa crue sournoise, la grande puissance assiégeante n'emplisse leur bouche de Nuit.

Et vous aussi êtes de condition,

arbres à suppliques dont le tronc fut heurté d'une lessive en migration et il n'est plus que jonchée d'ailes flasques ; arbres à clous auxquels suspendre aussi – Xerxès ! – une parure d'or ;

arbres oratoires, et Marie tout ascendante, tout éminente d'intercession, se tient dans l'échancrure, telle qu'en la vulve ouverte de Gæa ;

arbres de laie et pieds corniers qui bornez les

futaies ou les provinces, et refermez sur l'intrus votre regard de sentinelle, d'un mouvement tournant de pivert après sa crépitante injonction...

Mais de vous surtout je me soucie, arbres qui rayonniez la solitude avec une puissance d'astre. Qui me dira ce qu'il en est de celui qu'en Tunocain Marco Polo vit jaillir, unique, de l'illimité ? Et de celui du Ténéré, hors-des-pays-connus ? Pourtant, qui mieux que lui, au péril du désert, m'eût enscigné l'arbre ?

En un pays que fondent, sous l'immuable enjambée du ciel, les vols d'un milan blanc ; en un pays captif de la pupille rapace qui, à demi, en étancha toute couleur,

un arbre suscité par la sourde clameur de tant de rouges éteints manifeste le vert – tel un paysage émeraude impose au peintre le vermillon d'une coiffure.

Tu es, désert, l'assise d'une tour d'espace où

plonge, abrupt, un regard de cristallier qu'environne sa production de lustres à longues lames. Et rien qui nous défende de son œil immédiat : la vue débondée, la vue à son étale de flot tient la terre sous sa coupe. Où que l'on tourne le visage : un escarpement de mica et la flambée du vide.

(Qui donc s'étonnerait que la divinité se complût là pour y légiférer ? La menace s'y nourrit d'esquive, s'y fortifie d'absence, et la promesse tient son crédit de cette profondeur en tout point essaimée. Dans l'altitude, une épée courtise la foudre. A la meute sifflante des silex, à hauteur de cheville, l'horizon vante la décollation.)

Or, en ce lieu où l'errance prodigue sous vos pas l'indécision de ses torsades ; où le seuil est partout, du précipice épandu dans un éclat de saumaison, un arbre m'a-t-on dit, oppose l'étoilement aux moulinets de l'infini, et son étroit mouillage aux longues houles de la soif.

Oui, qu'on m'instruise de l'acacia du Ténéré.

Car il traîne toujours, n'est-il pas vrai ? son cha-
lut d'ombre autour de lui ; toujours il interpose
son couvert ; aussi y a-t-il, entre l'homme et l'estuaire du soleil ou le grésil suspendu des étoiles,
une frange flottante de paupière abaissée.

Au lieu où le néant fait cercle – et c'est carcan
et non pas torque – ; où il appose son sceau sur
les annales, gravées au poinçon des pierrailles,
de la seule dynastie légitime,

un arbre conçoit l'aile et il en peuple l'alentour.

Alors, dans le silence réverbéré de citadelle
qu'éraflent des sursauts de roche ; que des migrations de silice traversent en empruntant le
biseau de nos dents, – un babil de labiées ?
l'effleurement d'un linge frais ? rendent à la peau
sa finesse d'ouïe.

Un arbre conçoit l'aile et donne vie à l'ombre ; et – corrodé de ruines, l'âme altérée par la
raucité des couleurs –, l'homme en conçoit l'eau
vive : entre des berges suspendues, un flot ductile
autant que des bras nus de lavandières.

Qu'on cesse donc de l'abuser en déployant devant ses pas la planante clarté d'une étendue liquide qu'une main d'escamoteur bientôt vient replier : voici l'eau attestée

par les médailles d'aube verte, chacune proposant à contre-jour sa minutieuse hydrographie à l'empire aréique ;

et par ce pleur encore, au velouté de perle, à quoi l'homme connaît que sa faiblesse est grâce d'être.

Et puis, de l'Arbre-sec aussi, je veux savoir ce qu'il advint. Se dresse-t-il toujours en quelque steppe de haut-plateau, sur le front de soupçon où l'orient et l'occident se dévisagent ; où se poursuit une pesée de continents ?

Dites-moi s'il a reverdi, lui que l'ire de Dieu dénuda ; ou si le ciel toujours se fouaille du faisceau d'une foudre fossile issue du poing qui s'abattit.

Ah, je ne saurais voir, soutenues par la salinité du ciel, la vaine ramification, la vaine gesticulation d'un arbre mort. Et Mégare eût scruté ces dendrites à nu où la diversion est à l'œuvre, et la prescience en expansion ; où la lucidité se loge en chaque fourche ; mais je prise peu l'éristique, et lis trop d'invectives et trop de sommations dans cette figure de la vindicte, ravinée de rictus.

Oui, qu'on m'épargne l'arbre sec où je surprends, qui s'accomplit à gestes salaces, l'engendrement d'un gibet gigogne.

Que l'arbre reverdisse et qu'il y ait, sur la chute du ciel, cette panachure incertaine de sa plus juste place, ainsi de la touche du peintre quand elle médite son point d'élection.

$\mathcal{Q}$UI, PLUS QUE MOI, s'éprit des fûts que leur dépouillement propulse

(la fusée sur sa base, effilée de sa trajectoire !) ?
Et la statue retrouvait là son âme, ô rectitude à nuque basculée de qui regarde une alouette nidifier dans la stridence de midi – ou bien était-ce une lame de sabre qui se coulait en moi, en long éclat de cataracte ?

Séquoias, séquoias columnaires, j'ai dit, je m'en souviens, combien tangue le sol à suivre votre essor et quel ressac d'abîme s'effondre à votre flanc ; tel, à l'extrême fin de terre, un phare drapé de la pure étendue.

Et je vous ai loués, arbres au cœur verrouillé, de nous refuser l'estime et l'alliance. A nous, disais-je, de vous hanter, de vous entendre, éloquents jamais plus qu'à doter d'une nef un clos de béguinage ; qu'à dominer le sarcophage ouvert d'une cour de vieux cloître...

Est-ce l'été, – les paludiers en leurs œillets, aux gestes de croupier ? Est-ce tout ce sang noir comme cassis sous la peau des gisantes, cet épaississement du sang pulsé sur les croissants de sable ? Est-ce l'été (la giration du Sud !) ; son ciel où se suspend le pâle iris d'une salve de cumulus ? Je me surprends à vous considérer, arbres à hauteur d'homme, vous qui faites éclore des bras levés ; arbres des ouches et des murs d'espalier où Midi s'acagnarde.

Nul souci chez vous de cime ou de port, mais – tôt branchus ! – l'impatience de l'enfourchure et le dessein d'être un bouquet de neige en fleur, effervescente ici d'aigue-marine, ici de couchant soutiré. Prémices et promesses ! Quand le bouleau, le platane ou le cèdre nous donnèrent-ils ainsi un implicite rendez-vous ?

Est-ce l'été ? Un enfant me hale en amont, dans la stupeur de méridienne, jusqu'au verger où s'amarre et s'abat la gravité. J'y vois parmi les feuilles, qui se renfle et se boucle, une couleur se lier à la sphéricité. J'y vois le vert se tiqueter de soi, le safrané se hisser aux violines et le pourpre se modeler ainsi qu'en un beau soir sanglant.

Verger, verger vermeil où se prononce un vieil or, tu n'as que faire d'élancements limpides et de promulgations ; et tu dédaignes – ces hochets – les faines et samares. Qu'on t'accable plutôt par la drupe et la baie ! L'honneur est dans ces bras ployés qui attestent le sol ; dans ces veines d'essences insinuant en nous une eau que maille le soleil.

L'âme striée d'odeurs, l'enfant s'avance au milieu d'alambics ; l'enfant se tient sous le dôme du présent. Soudain fragile, dans l'assemblée des voix suaves qui s'évanouissent et puis s'affirment ;

et qui lui parlent d'un temps d'apprêts, d'un air choyé : à profusion entre les limbes, la joue menue et l'ombilic ; et la couleur en son contournement – la carnation en quête du velours.

La plénitude du fugace, l'apogée de l'infime ! Le soir ici se défait dans l'aurore ; des sources fuselées s'ouvrent dans l'ombre chaude. Et chaque inspiration donne un faîte à l'espace enclos de convoitise.

D'un seul geste ascendant, palme offerte au fruit dévolu, un enfant à l'écoute, ses paupières pour ciel, fait en lui refluer

la faim, la soif, leur grande ombre portée.

Et qu'avant tout soit louée la consistance – plaisir premier des dents, de la gencive fracturant une pomme avec un crissement de neige sous les pas. Mais le délice est de dissociation ! Il est dans la délitescence d'une pulpe de poire quand l'eau douce agrégée se scinde sur un coussin de papilles – et c'est naissance, éclosion de larmes... Eclat se dispersant d'un baguier que l'on ouvre.

Que pèse en cet instant l'ellipse d'eau que le verre élève à nos lèvres en une avancée, une extinction de frêles sécantes ? Indécise, l'eau mince qui épand en nous un goût d'incisives, et de sa transparence nous dénude... Et en elle, indistinctes, sont la pente et la hâte ; en elle un souvenir de givre nous frappe de chlorose.

Le délice est dans une eau ronde, ramassée ; une eau mise au secret qu'un arbre tend au jour – gorgée qui se conforme, à renfort de reflets, aux soifs longtemps bridées ;

belle eau perlée, en ses arcanes, en sa mémoire (non de glaise ou de roche, mais d'orages dis-

sous) ; eau rare qui apprit, de ses confins, la carnation du feu et l'ombreuse bénignité du beurre.

Le pur événement que la saveur !... Une pulpe
confuse ourle et foule nos lèvres, tel le baiser de
ceux qu'étourdit leur amour et qui s'efforcent à
la coïncidence. Et la bouche s'éclaire – haute
source de sucs entre sèves et sang –, d'une poire
lunaire comme boule de gui ; ambré, d'un vin
nouveau de pêche.

La bouche se colore, la bouche se parfume, et
ce n'est pas d'encens, de musc ou de benjoin, ni
de tout arôme scellé, mais d'un filet de lilas, d'un
alcoolat de menthe ; mais d'un bouquet que délie
le ciel libre.

Nous savions-nous soluble en la liqueur ? Un
palais restauré cède ses arcatures pour un envers
de tonnelle au soleil.

Et si dévotieux ? Qui ne sentirait, à sexte ou à
none, en un verger de partout appelant la meur-
trissure, une âme adorante ensevelir sa bouche
édulcorée,

quand – aspersion enclose et bref ruissellement –, un fruit lui confère l'onction ?

*M*E RETOURNANT vers l'Arbre-Dieu, au Lieu du Crâne, j'interroge un silence coagulé d'effroi : "Est-il vrai que l'esprit déchoit à s'incarner ? Qu'on me préserve des manicures de concepts : dans le silence que ponctue le courbe effleurement d'une page qu'on tourne – feuille morte en oblique s'abîmant –, une vrillette bien mieux m'enseigne le réel.

"Et qu'on m'épargne plus encore ceux qui brandissent le bonheur, ilotes ivres d'en marquer un peuple au fer, car je vous sais, sanglantes utopies ! Oui, qu'on m'épargne l'esprit pur en ses hauts circuits d'aigle qui se découpe dans l'éther un désert d'altitude. Que m'importe un savoir qui doit au seul orgueil ?

"Mais pour le clair-obscur en nous de la saveur, se peut-il que, non plus, Vous n'ayez d'indulgence ? Quelle lueur, pourtant, de grève poudroyante, la convoitise couche en nous !... Au nœud du sablier, entre deux éternités de ténèbres, un contre-jour s'élève, inespéré, des noces s'évanouissant de la chair et d'une pulpe... Une lente rumeur telle une clarté d'aréole, un halo de pollen, se love en l'assouvissement. Et l'âme chantournée se hausse sur le soir futur.

"Détestable, la Connaissance qui nous viendrait du Fruit ? Illicite, le discernement – prérogative du divin ?

"Ô sensation ! Qui nous étreint et nous astreint ainsi, sous les auspices de l'infime ? Qui point de succulence notre présent au goût, déjà, de souvenir ? De quel hôte inconnu veut-on nous donner des nouvelles ? Ou quel message, issu de nos abysses, ferait surface, à la façon de l'agate marine en ses mues riveraines ?

"Encore n'est-ce pas assez de ce verger que sa charge prosterne ! Voici, qui vient vers nous – de quel mur d'espalier ? – la Femme aux fruits engagés, aux fruits arborés ; la Femme en son redoublement de fruits, bonne mesure faite. (Mais unique, l'amande qu'incise l'amandon...)

"Un arbre vient, revêtu de ses fruits que les lourdes ombres d'été exigent à bouche ronde ; un arbre où renchérissent et l'arabesque et l'arc, et l'orbe et l'hémisphère – et nos paumes fripées de leur vacance ne devraient s'y régénérer ?

"O toucher qui induis une débauche d'être ! Précurseur, un palais se ferme sur des fruits dont la forme est saveur, et suavité la masse et l'ordonnance. Le glaive de la soif tourné vers notre gorge, nous élisons un lieu où le réel se condensa avec faveur – en tant de coupes ou de jarres apposées... Qu'en notre main se résolve le sel, si acéré ! Que par elle se comble, à nos confins osseux, une concavité de miroir ardent. Et que l'incarnation en tire gloire, gagnée par l'apogée de notre paume.

"Vergers d'automne aux guêpes arc-boutées, je vous sais gré de la consécration de l'heure. Mais ceux, de toute saison, qui s'aventurent chez les hommes !... Ce ne sont là que leurres de verger puisqu'on tendrait en vain le bras ? Mais le pouvoir sur nous, de fruits qui éconduisent ! La promesse est partout, de pêches, de comices – et ce dard en chacune du piment rouge !... Nos dents s'aiguisent et vibrent d'un sourd éclat de vent de mer ; un seuil arrière s'exacerbe que nul suc ne le passe, aux couleurs de sanguine.

"Et le comble du leurre, en ce multiple fruit fermé à jamais à mûrir – d'une caresse ! –, il est dans son écartèlement de figue et de grenade crêtées de sucre. A la fourche du ventre – et qui n'a vu réapparaître, sur le limon raviné du reflux, semblables les frondes du flot ? – une pulpe débride deux lèvres pubescentes sur de profonds replis de rose des sables ; une pulpe est à soi la

bouche où s'évanouir – qui tente notre bouche
ainsi que nef appelant le transept !

"Et sans doute ils s'abusent, ceux qui croient
s'assouvir de la pulpe tubulée d'une vulve. Ac-
cru de tant de miel qu'on renfonce en le miel, ce
verger-ci défait le prédateur – de satiété à saveur
de néant. Puis la jonchée des fruits regagne l'espalier avec sa profusion intacte et son foisonnement cabré de mascaret ;
    – et elle rend l'homme, irradié d'échardes, à
l'impatience de ses paumes".

    Ceux-là s'abusent, que leur sang éperonne ;
mais cette urgence en eux, d'eaux qu'on raidit devant le bief d'aval ! Mais le péril que leurs papilles leur découvrent... Un clair savoir leur
vient de l'instance du fruit à la belle face insolée :
    "En nous la Sensation comme îlot de neige
en mer tiède ; en nous, sans cesse, l'effacement

– et l'horizon marin passant sur la senne de notre sillage comme la règle arase le boisseau de
grain. En nous, toujours – vibrant en quelle
commissure ? – le seul instant.

"Que savait-il de l'assiégeant, celui qui se tenait dans la cour du logis avec les joueurs de
palet ? Mais il est entré dans la tour au noyau
de pierre ; il s'en remet à l'hélice aux cent pales ;
et débouchant au plus haut où se disperse une
éclatante solitude, il voit enfin, bien au-delà des
lices, quelle ténèbre font, levées vers lui, tant de
faces coalisées.

"Et à la crête de l'Instant aussi, l'homme est
un foyer de délice et le cœur de la cible – universelle convergence ! Ah, quel accord – ainsi
que la rose combine hespéridés et aromates, et
fleurs et fruits, épices, bois et balsamiques pour
éblouir de haut en bas le puits de notre inspiration –, quel accord a permis que s'érige, gracile,
la vie ? A quelle chance ou quelle trêve devons-
nous, tout poudré d'or, cet avènement de l'or-
geat, cette émergence du carmin ?

"Plaise au Juge agréer toute saveur quand une pulpe nous étreint de sa convoitise en résille, et pose un joug de liège sur notre nuque. Et la belle ombre alors de la Création sur notre âme !... Telle cette baigneuse nue, dressant au soir son contre-jour sur le brasier de vif-argent – et le coin que son torse y engageait...

"Plaise à Qui fait, de la sphère du Temps, immensurable sa demeure, plaise agréer l'Instant qui, d'un attouchement de lente volute, nous élit. Sous l'arche haute du palais, recluse, une source s'émeut ; et dans l'être assemblé pour la naissance d'un souvenir, à fond de crypte se prononcent un consentement au ravage, un consentement au servage.

"Plaise absoudre, à Qui s'incarna, ce beau resserrement de notre vie, saveur qui n'es que de l'instant ; saveur comme paillettes par nos muqueuses – où quel sanglot se vient résoudre ?

"Oui, plaise à Lui absoudre la minute où le Temps nous prend en otage et se fascine en nous ainsi qu'une mer évasive enlaçant silence et soupir en tout sable ensellé... L'éternité nous flaire et nous déserte ? Mais cette cime où nous nous tînmes, ourlés de lèvres et drapés dans l'ampleur du vivre !

"Friable, qui le nie ? Et périssable, qui l'oublie ? Mais sans cette clarté de fine aiguille d'une chair qui s'abîme en soi et s'outrepasse et se transperce de l'exquis ; sans le triomphe bref d'un sang qui revêtit la pourpre, verrions-nous luire comme écailles de gypse, blême une jonchée d'éphémères ?

"Grâce pour ces instants de grâce où le Temps se couronne d'un œil de paon. Où notre plaie s'avive, délectable, du baume d'une pulpe. Grâce pour les buttes-témoins dressées à notre Orient – entre désir et nostalgie.

"Seraient-ils donc, pour Vous aussi, pur divertissement, ces instants où le divin s'atteste – munificence d'Être aux plus hautes terrasses de lapis, et volupté de s'éprouver, dans l'aménité de l'espace, à jamais sauf ?

"Devant ces beaux fruits chus, tout incisés,

autour de l'arbre de la mer, ah, je consens à Yggdrasill et au réversible Açvattha ; je consens à l'Arbre de Vie qu'un long désir de lumière arrache au sein des ombres, par trois règnes superposés. Qu'il ait pour cime l'Origine, et l'empyrée pour envergure...

"Mais qu'un rameau se ressouvienne des racines ; que des larmes, à le voir, innervent notre gorge ; et qu'une foudre alanguie, où se dissipent soif et sucs, emprunte notre chair et s'en aille éclairer s'il se peut notre couche future".

$\mathcal{Q}$U'ELLE FUT ÉTRANGE, cette fièvre ! Tilleul doré de la rumeur, pulpe océane, pulpe et pollen, et vous, vendange échappée au pressoir, fruits rompus de sang noir sur le sable assidu, vous m'aurez un long temps tenu dans l'opale miellée où les objets se défaisaient de leurs contours.

Mais que vous savez dégriser, terres mates, terres éteintes sous un silence d'hallali... Ai-je habité un lieu rempli d'abois, d'ombres en chasse ? Une demeure haute assaillie par l'Ailleurs ? C'est bien ici que se fomente la mise à mort – l'horizon pour lacet.

Et de ces murs aussi que ne heurte jamais l'espace contondant, je reçois un avis : de même pierre coite l'enfeu, le caveau, l'hypogée.

Où est le sang comme baie de sureau entre les doigts ? Où, cette oscillation du jour sur un estran parcouru de pavanes ? La mer est à cent lieues, qui s'accouple à l'été au fond de ses cavernes ; la mer est souterraine, qui démantelait toute voûte.

Se dépouiller, se détacher. J'ai, de ces murs, reçu l'avis que la cendre m'envisage.

De la palmette ou du fuseau enluminés de fruits, je n'attends de secours ; mais au grand arbre qu'on me légua, en l'autre siècle, je veux lier mon regard – tel le voyageur qui, de la joue, s'assure à un versant.

Qui était-il celui qui ne sut bâtir sans planter ? Qui tempéra la rigueur de l'arête par la saillie et le ressaut ; le caprice et l'incartade ; et les insinuations ressassées ?

A quel juré peseur doit-on cet équilibre : attenants, l'air enclos, l'air équarri, et l'édifice d'ailes, l'espace qui se gaspille en très menues dépenses ? Conjoints, le coffre pesant posé là – l'homme lesté de sa maison –, et cette vague verte, comme danseuse sur ses pointes, où s'inquiète une rive, à longs soupirs ; où se dessine une anse aux entours de sable soluble.

Louange à qui voulut que sa demeure s'accostât d'un grand arbre : "Qu'au verger se courtisent les arbres asservis. Ainsi du dieu qui souffla sur la glaise, je pourvoirai d'une âme ce monolithe. Haute et libre et constante comme une flamme en vain soufflée. Car l'enfant se souvient, miscibles, d'un feuillage et d'une cohue de vent – et son sommeil en était extasié".

Louange à qui fit sa maison vassale d'un grand arbre – étagement d'épaules, monceau d'égides, et l'assurance prodiguée de l'entremise. Laissant vautrée dans la pénombre une fade odeur d'homme ensommeillé, il se tenait déjà, la porte ouverte, face à la toise du nouveau jour ; à cette tête hirsute de ses rameaux, de ses oiseaux.

A lui aussi, une flèche, une enseigne divulguaient l'influx qui parcourt, captive, une nuée de cerfs-volants.

Et l'arbre autant qu'alors est la figure du projet : par jeu de coudes et d'avant-bras, de détentes raidies de coureur en ses cales, faire main haute sur l'espace et le convertir à l'effervescence, et l'induire au balancement.

A celui qui se tient debout dans l'embrasure, les canyons, les falaises ont pu vanter la stratification – les beaux empilements de draps d'une épouse honorable ! Stables, les lits de grès ou de faluns ; et les bassins d'effondrement – terre bondonnée de soi-même ; et stable toute ligne, qu'elle amollisse le modelé ou tienne un pic entre pouce et index.

Mais que font tant d'assises à celui-là dont l'œil s'ébroue en un feuillage qui dodeline ?

Associée, dissociée, voici l'onde en sa force et l'onde en sa paresse qui vient en l'homme tenter un mât ; voici l'onde baignant un encorbellement de péninsules boisées. Inverse, un balancier brandit écharpes et mouchoirs. Sur l'avant-toit figé dans son expectative, l'intermittence scintille. (Grand arbre qui ne désempares, comme tu fais droit à l'errant !)

Stable, la terre, de ses coques engravées, de ses panses assouvies sur la litière des étables – stable qui règne par l'échouage ! – mais pour celui qui se tient sur son seuil, une lointaine chevauchée marine s'achève en cette cime qui dispense sa grâce. Et le pouvoir sur l'âme, ses maux anciens, de ce jeu d'estompage, de ce haut bercement...

La couronne de l'an flotte parmi les arbres ; et la pensée de l'homme qui avise le jour en eux aussi puise sa ponctuation. Dans sa course fermée que la ténèbre agrafe, il voit, processionnaires :

la friperie des tulles et guipures (à métier pour

basse lice, un temps d'ouvraison) ;

la nuit de juin captive d'un feuillage – gra-
nulations d'ombres mêlées ;

l'arbre en ses pentes d'air sillonnées de vermeil ;

et l'arbre mis à sac et perméable aux astres.

Mais sait-il, celui-là qui acquiesce à l'iné-
luctable, sait-il assez qu'on lui conte sa vie ?

CEUX QUI PLANTENT sur placenta de nouveau-né ;

qui apostent un arbre auprès de leur demeure – et leur fin, comme aux ruches, lui sera dite, et le nom du nouveau maître ;

ceux qui n'élisent un logis qu'il n'ait ses quartiers de haute noblesse végétale ;

ceux qui font les écorces gardiennes d'initiales ;

qui entrelacent leurs serments sous des ramures géminées ;

ceux qui dédient au prince un arbre pour ses noces (à jamais en ce fût, les feux d'une torchère) ;

et ceux qui voient en l'arbre un serf qui s'affranchit,

et qui le vouent à une jeune Liberté pour que se multiplient, par vols étroits de bras levés, leurs vivats de victoire – et c'est de toutes parts une fraîcheur de luzernière ;

ceux-là, qui se savent variables, prennent un sûr garant.

Promu témoin, le pied sur toutes preuves, il dit que cela fut : il n'est que de l'entendre, quand le babil des feuilles au présent soudain le cède à l'effusion – incoercible ! – de la vie antérieure...

Et celui-là aussi fait peu cas de la pierre, qui assigne à l'if ou au buis l'office et la dignité d'orant. Qu'attendre d'une stèle qui doit aux ossements du temps – sédiments subjugués, épris de soumission, accrus de choses chues, et vos terrasses immanentes ?... En l'arbre seul est la mémoire qui nous devance et nous survit,

comme, entre la nuque et nos yeux, sentier de grande randonnée.

C'est là tombe du temps que toute pierre ; et c'est trésor du temps que le grand arbre où l'on thésaurise et dissipe : ensemble, la masse ensilée et la volée de grains quittant la main du semeur.

Ah, elle est bien de pierre – celle des mastabas, des mausolées –, la ville où je reviens en homme fait ! Fardée, fiévreuse, la ville où j'erre, d'un pied boiteux, mes souvenirs battus en brèche, dans la dissension d'un piano désaccordé. Mais sur les quais drapés d'ampelopsis, auprès d'une eau qui coule sous sa peau tendue, à ramages verts, des platanes d'orient – où l'aube se survit dans une colombe close sur son roucoulement –, des platanes prétendent à la permanence. Et comment n'y pas consentir ?

L'instant gouverne le feuillage (la durée y accourt dans un clignotement de ruisseau grave-

leux) ; l'instant s'y travestit en esquives, en faux-
fuyants – et le ciel en ce lieu s'en ajourne. Mais
dédaigneux de diversion, le Temps s'accroît du
temps, et se masquant de plumetis, s'érige en
un récif.

Comment le verrions-nous à l'œuvre ? Il est
celui qui amincit les isthmes jusqu'au lâcher
d'une île, et qui polit d'écume constellante les
anneaux de corail. Niveleur équanime, le temps
des pénéplaines et des méandres répudiés.

Quelle prise aurions-nous ? Annuelle, notre
période ; herbacée, notre espèce. Et, face à nous,
une telle lenteur qu'elle assourdit, qu'elle assouvit jusqu'à nos os.

Puissance du Temps subreptice – et notre hâte
est son alliée –,

quand il nourrit un acte unique...

Et qu'il sait nous confondre, ainsi que le rê-
veur s'éveille investi par le flux : un canyon nous

éventre, un arbre marmenteau nous explose à la face ; cependant que là-bas des séquoias dont le collet est une lèvre d'avalanche, des séquoias plus ravinés que cheminées de fées, convoquent sans se lasser d'incertains dinosaures. (Sur quel trésor, de quelque autre Alberich, posent-ils ainsi leur pied de pachyderme ?)

Et que le Temps s'allie au vent qui vitriole les déserts, sa puissance devient pure férocité. Les pins des White Mountains en vain s'arment d'épieux et de harpons, de mandibules de lucane : une poigne les ploie et les écuisse.

Des troncs, en d'autres lieux, domptent de leur empattement l'émeute des racines ; de hauts fûts collecteurs de convulsions et de conflits, comme, entre deux temps de désordre, la rectitude du sillon ? Rien en ces pins qui n'aberre, en ces troncs écorcés aux remous de bois vissé, de bois rebours ; aux écheveaux de fibres à nu ; aux ombres de schistes tranchés, – où s'achève, à bout d'éclisses brandies, le soulèvement hercynien.

Qui eut jamais vent de chêne royal, de chêne sentinelle ; ou bien d'un dais de châtaignier pour les cent chevaux d'une reine ? Il n'est là-bas que hordes de gisants clamant au ciel sans gerce, au ciel cabré, qu'il les abuse et les égare d'un épanchement de zénith.

(D'où venue, la réplique ? – "Mais vous avez cinq millénaires !")

Que l'espace consente à vous, fûts de droit fil qui ralliez en secret, pour vous en affermir, toute verticale vacante (ainsi qu'un seul mât sur la mer en dépeuple l'étendue) ;

qu'un homme plante un arbre auprès de sa demeure,

un interstice en très haut lieu s'amorce – présage et voie de la cime qu'une nuée de lèvres exhortent.

Ainsi s'engage une confrontation que le sage ne craint :

"Quelqu'un pèse déjà sur la coulisse de la toise ; et mes genoux en ploient. Quelqu'un se forge sous mes yeux maints muscles abducteurs. Car, que sont, çà et là, ces bosselures de mascaron, ces amorces de mufles, sinon les foyers et relais de l'effort divergent ?

"Qu'on me renfonce en ma superbe ; qu'on me redise ma faiblesse à voix plus haute chaque jour : j'y souscrirai. La trempe est dans cet être sans viscères ni articles. Toutes les puissances éparses – celle qui se débonde en un puits artésien ; celle qui pourchasse et foudroie les grèves, et celle qui hume les neiges comme, à l'aurore, une assomption de flamants roses ; celle qui donne au conquérant des éperons de vent ; celle qui défait une foule d'une seule parole, gerbe déliée pour le fléau ; et celle qui encore mène le poème à sa nouure et le dépose, murmure heureux, en la mémoire –, toute force ou pouvoir trouve ici son emblème.

"A l'arbre, chaque jour, amarré par la boucle de mes bras, j'apposerai mon front. Il y a si longtemps que je hante les écorces à mains réjouies par leur rudesse... A la basane du bouleau, à la marqueterie précaire du platane, toujours préférant, qui me rident les paumes, les stries et cannelures du liège et ses écailles et ses excoriations.

"Brève est l'étreinte... Eclair gris de lézard au rebord d'une dalle, le secret s'évanouit, qui affleurait le fût ; tant de raideur rompt le pétiole de la main – et je m'écarte en homme que menace, massive, la soif de l'inertie.

"Mais c'est assez pour qu'un instant l'âme s'élague. Uniques, le désir et le dessein ; unique l'acte : donner asile au Temps, asile flamboyant – et stature au silence. (Il n'est de vocation qu'une ramure ne filigrane ; ni d'œuvre capitale où n'ait tenté sa chance un arbre souverain.)

"L'âme s'élague ; l'âme résigne son orgueil ; car en ce fût limpide, aussi, s'élabore en secret le bois des barques funéraires".

II

$\mathcal{M}$AIS SAIT-IL TOUT de l'arbre — incisé par le ciel, éclaboussé de transparence —, celui qui l'écouta de son seuil ? Pas plus que n'apprit de l'humain celui qui ne fut d'un cénacle et d'un cortège, d'une émeute et d'une frairie.

J'irai donc là où l'arbre se rassemble et vêt la terre d'astrakan. Là où sa voix retentit sur le sourd glockenspiel des fûts multipliés. Il semble, à notre porte, éconduit par les siens : j'irai le voir en son climat, parmi son peuple,

forêt où se confondent la nef et l'assistance ; tranche d'espace tissue de verticales... Ici, la rectitude s'engendre et se propage ; l'intervalle même est colonne. Et dix mille tuteurs s'entremettent à mes tempes.

De la nuque aux chevilles, l'arbre retend nos cordes – et la table dorsale en vibre d'autorité recouvrée ; mais la forêt m'insère dans le surgissement. Escorté de sources fusantes, ébranché de mes bras que tant de bras accablent, je suis bien l'homme en son midi, debout sur son aplomb, qu'un Sphinx interrogeait.

Quelle incertaine ablution me fait la peau lucide ? Mon visage se tient dans le creux d'un sourire. Ma gorge a plus de nouveauté qu'aubier de saule qu'on écorce ; et si limpide est le poumon que je sonde avec minutie...

Forêt, fraîcheur en foule... Mais non pas celle, âpre et mouvementée, que les vagues remâchent. M'insinuant dans la tapisserie des sèves, un pollen d'eau calme aux lèvres, je froisse à peine une brise immobile. Fraîcheur ! – par tant et tant de médailles d'ombre en suspension... (Un

soleil impavide y infuse ses racines pivotantes.)
Fraîcheur, qui se chevauche, qui se supplante...

L'air inerte de sous-bois fait plus mortes les
feuilles d'antan, plus sourcilleux le vol de l'épervier ; mais voici qu'une rive prend en écharpe la
frondaison, y filtre ses murmures ; qu'un bras
de fleuve errant s'y allège de ses remous.

Fraîcheur en migration... L'air élit un arbre,
un second... ; de proche en proche apportant à
chacun des nouvelles des eaux : celles aux belles
chutes de reins des déversoirs ; celles que les cres-
sonnières avivent de vert ; celles qui grésillent
d'aise sur les grèves ; et celles, crémeuses, des
cataractes... Un espace de lallation s'enfle, au-
dessus de moi, de surprise indignée, puis s'assourdit d'insidieuses confidences. Immense est
l'osmose des sèves. Dans l'unanime allégresse,
immense, l'instance soudaine de l'Ailleurs.

Puissance du plus vaste des mots ! Prenant
corps invisible, enveloppant, il assiège et séduit
les cimes, fond la forêt en un seul arbre, y sème

par miroitements ses promesses d'eaux vives. Parmi le feuillage égaré par son double de brise, il met au jour un long chemin d'averse.

Alors une péninsule flottante tire sur son pétiole sans le rompre. (Ainsi la mer, chevauchée du vent d'Ouest, vibrant à bout d'amarre.) Alors s'apprête une fiévreuse et vaine fuite – où quel soupir s'en vient ombrer l'éréthisme des ramures ? –

jusqu'au répit à clarté de clairière, où palpite une haute feuille ; où tressaille au plus bas, au plus loin, une source...

$\mathcal{Q}$UI NE CROIRAIT à la paix, en cette basilique à claire voie ?

Un oiseau – qui se trie du mil – la dissémine ; une mouche verte la paraphe d'or, et chaque branche qui s'évente en fait un sommeil qui s'émeut. Mais je m'avance (et la meurtrière est partout), sous les feux croisés d'un hérissement de redoutes – et chacun de mes pas ouvre une salve de silence.

On me regarde ! La forêt brille d'yeux bridés qui clignent. La forêt scintille de signes d'intelligence. Elle déploie ses vis-à-vis ; fait étalage d'interstices fugaces... Ma nuque aspire à la vacuité de la plaine.

On me considère, on me jauge. Sans coque ou carapace, ni racines. – "Où sont sa mousse, ses lichens ? Et sa cime investigatrice ? Ces amoncellements d'extrême où la pesanteur se résigne en un lustre d'averse qui s'égoutte ? Et que pèse celui qui n'étreint pas l'humus à pleine bouche d'ombre ?"

Je vous entends sous vos paupières de couventine ; votre regard prompt à bondir aux commissures.

Une foule marine goûte nos ruses et souvent nous fait grâce. Cette foule figée a pris pied ferme – et nous refuse. Ordre est donné, ordre est transmis (visible est la volée d'échos !) : Sommer l'intrus ; le perdre s'il résiste.

Dans le sourire qui poudroie, les troncs raidis prêtent serment d'héroïsme.

Je vous entends, je vous découvre aussi. Forêt, affrontement de fiers chevaux cabrés qui se haïssent et, de leur crinière, s'intiment... Forêt, lieu d'assauts singuliers, d'astres en expansion... Nuées de lumière entre-déchirée. Cohue d'étreintes aériennes, de meurtres qu'on médite. (Repousser, repousser qui vous offusque, et l'étouffer de sa sollicitude.)

Dans la futaie que veille, verticale, une armée de piqueurs, les obliques font rage et perpétuent San Romano – et son hennissement de lances.

Sommé à pleine nuque, à visage levé, je me fonds dans la halte – comme on tourne l'anneau qui vous rend invisible. Mais, en tous sens, à hauteur de collets, cette figure de l'enjambée ! D'une course éperdue d'homme botté... Mais ces pas d'une troupe à marches forcées ; là-bas précipités jusqu'au piétinement...,

S'avancer ; se rejoindre. Mes pas à la ronde me précèdent. La scansion est à l'œuvre en mes membres.

Sûr est ce lieu, puisque invariable. S'avancer donc, sourd à la sommation, par d'incessants contournements, dans l'entrelacs ouvert des galeries – tel un clair déambulatoire que la rêverie eût conçu.

On a bougé, en deçà de l'épaule !... Est-ce l'esquive d'un oiseau ? Un arbre dérangé, reprenant place aux Conseil des Anciens ? Ici, là-bas, on a bougé... L'espace est envahi de flammèches furtives autant qu'ailerons d'ombre sur la mer. Qui, dans les marges, joue d'une glace biseautée ? Qui bat d'étroites cartes effilées ? Ou qui, rompant enfin sa contention, déplace des pièces d'échecs ?

Par éclipses et interceptions, par translations subreptices, déhanchements et airs penchés, la dissimulation sévit. Où furent enfouis les points cardinaux – les gonds des horizons ! – ? Je ne vois que chemin qui se répand, sentes en boucle et mouvant labyrinthe. Que farandole, entre les fûts, de l'origine et de la fin.

Le monde s'étourdit autour de moi comme aux yeux bandés du joueur qu'on désoriente.

Une épaule officieuse ou le dos d'une main en tout flanc d'arbre infléchit notre marche – et fait de nous l'artisan du dédale où se perdre. Dans un chatoiement de fausses échappées, dans la fragmentation de regards convergents, on nous dévide, nous amenuise ; on nous déleste de nos traces.

Le pays populeux ! Et tant de bras levés – signe feint d'impuissance en guise de réponse...

Le pays populeux, et son mime d'escorte ! Ainsi l'homme égaré qui tente de franchir un cercle excentré de loups assidus. Ainsi le délinquant que l'on entraîne, chasse à l'homme achevée, en sa clôture de gens dignes. – Et qu'il soit appréhendé ! Le bois de justice se tient prêt.

Il n'est geôle de Piranèse qui n'éteigne l'espoir autant que la forêt profonde. La brèche ici en vain se hausse : une rotation de manège y multiplie, dans l'indifférencié, les gardes apostés. Sous le réseau d'intrigues des ramures, un kaléidoscope y tourne, aux images alternées de l'obstacle et de l'issue.

Futaie, foule insinuante qui nous inspirez une marche hélicoïdale ; futaie qui laminez l'espace ; futaie à coups redoublés... On nous y donne la question, debout, par puissants brodequins.

L'être se tait, qu'on élagua. Quel mot ne le déserterait ? L'écheveau de ses pas est écheveau d'angoisse.

La nuit qui vient d'éclore, plumeuse, en un hallier, se fait cependant fort d'obtenir nos aveux...

Quand l'arbre exsude sa ténèbre et se double d'un cèdre d'ombre, et que l'espace se feutre de fourrures froides, ah, que notre gorge se sent vulnérable aux écharpes mêmes... La ronce s'éraille à nous héler ; le houx nous décoche au jugé sa feuille acuminée.

Sont-ce nos pas – comme autant d'effractions ? Et qui nous suit de si près, qu'il nous fit ce croc-en-jambe, en un cliquetis d'ossements ?

Une main, surgie des hardes pendues, a touché notre épaule. L'obscurité nous fouaille le visage.

L'ombre s'érige en longs récifs de cendre ; l'ombre soutire à toute chose le nom qui l'accrédite. Usurpation d'identité. Oppression de l'esprit. Notre vue renfoncée jusqu'à la nuque.

Qu'une clairière enfin rompe d'une abbaye la haute selve, comme une lanterne sourde qu'on a posée ; comme l'Idée de l'alvéole, celle de l'île... Que la taie se déchire et que nous soyons vu de Dieu en son essart, en son brûlis – où des étoiles germent.

Il a perdu de sa superbe, celui qui s'échappa d'entre les fanons. (Ainsi des soldats de César quand ils tramaient la chaîne de l'*Hercynia sylva*.) Il ne sourit ni d'une prison d'air ni d'un château dormant. Sous le couvert, il a vu serpenter des forces aux détentes de cobra. Il a cru voir – et l'ombre alors était celle du mancenillier – une chasseresse chevauchant comme on cravache et traçant, suspendue, une longue laie de givre.

Voici l'arrière-pays que l'arbre présageait – à flanc tournant. Les circonvolutions des fourrés y enfantent le difforme ; le maléfice impose là ses mains vétilleuses de fougère. On y surprend, dans la tapisserie d'eaux glauques, la sédimentation du secret, la fomentation de l'embûche.

Il n'est ici de roche qui ne diffuse la vigilance, de grotte qui ne se dise inexpugnable de sa nuit résiduaire ; il n'est d'étang qu'un visage de fée n'ait scellé en miroir. Nulle clé, mais fermaux et fibules à foison.

Une assemblée de toques sombres juge ici à huis-clos.

*L*A GEÔLE OU LE REFUGE — et
l'insurgé le sait, qui demande un asile à cet abîme
perspectif. Et c'est ainsi qu'une forêt, faisant
cause commune, oppose aux poursuivants sa
transparence en trompe-l'œil.

Sur l'homme mis à prix, chaque arbre appose
sa biffure. Pleine et entière, une incorporation.

Que servirait demain d'interroger ? D'aucun
acteur, recru de songe et regard détourné, on
n'obtiendrait d'aveu. Et qui soumettre à la question quand une armée s'agrège en colloques de
conjurés ; quand votre voix succombe sous le
nombre ?

Arrière-pays, lieu corrosif, saturé de réserve, de réticence, où la coulée se perd en des enlacements de guivre... Lieu d'avatars, lieu du possible. Un jeune ermite y sollicite son admission : – "Où trouverais-je un ordre plus contemplatif ?" Debout, une sorcière accueille, à vulve entrebâillée, d'obscures forces ascendantes. Autour d'elle, à ses pieds, une nuée d'empreintes, comme oiseaux agrainés, atteste encore, fourchue, la puissance de Pan.

Un faux-saunier rejoint là-bas le colporteur de libelles et tous deux écoutent décroître les battements de source folle de leur cœur. Deux amants dorment, qu'un Roi pourchasse. L'épée qui les sépare fait avec eux assaut de nudité. Une jeune fille en pleurs est l'extrême avancée vers nous de l'Ailleurs. Essence d'ombre, elle dit s'appeler Mélisande.

Lieu du possible. Et Celle-là s'y tient peut-être, inconcevable, qui redoublerait notre vie. Intense, à peine ensauvagée, sa main est pure, qui dénude et attise les fontaines ; ses cheveux font l'éloge de l'humus ; la tranche de sa lèvre pâle relève votre bouche et la met au défi.

Il n'a le souci qu'on l'égare, celui qui s'en remet aux arbres, le cœur vacant. Et qu'ils le mènent, par épaulées, jusqu'au seul labyrinthe qui soit et vaille – ne passerions-nous jamais, les reins tôt poignardés, que son seuil strié de plaisir : une Fille qu'élance un cénacle de sages, et que les sèves se choisirent (il est si peu de drupes ici) pour y mûrir en sucs à substrat de piment. Et qui ne voudrait s'engager dans le dédale de son sang ?

Un lieu de noces, que le rivage ? Nulle nécessité : la frange est la figure de l'aléa ; l'impatience y dissocie l'espace. Que verraient-ils l'un de l'autre, ceux qu'assourdit la troupe des eaux piétinant son aire de vaine pâture parmi des liasses de soleil ?

Qu'il gagne la forêt, ce couple dénoué, ce couple à découvert que hume l'étendue – et il s'éprouvera. (Mille peseurs jurés tiennent prêtes leurs balances.) Qu'il s'y engage : la forêt n'est pas plus touffue que bois fourré de bord océanique ; et il n'est d'ombre végétale qui le cède à la nuit que les vagues délabrent.

Hors de la vitesse en volutes, de la clameur en voie toujours d'amuïssement, – tout soudain le silence. Hors d'une emphase de brouillard, et chaque mot dans un maintien de feuille à l'aube, la langue enfin rendue à son aloi.

Enfreindre, dit la mer. Ici, la règle se propage et la stricte observance ; ici la herse est abaissée, gardée par des gens de chicane.

Oui, que le couple emprunte les défilés de la forêt : il saura si les hanches s'ajustent ; si les épaules naviguent de conserve. Et chaque tronc est pierre de touche.

Ils vont, à taille humaine. D'étroites parois

s'empressent, les endiguent. Fraîche, leur peau les circonscrit. Et l'âme limoneuse que le tumulte abusait de serments ("Entends, disait chacun, flamber l'espace immense de mon sang !..."), l'âme écoute un soir de ferveur ouvrir, dans la tourmente, la corolle soudée de l'accalmie – où, limpide, s'essorer.

Ils s'avancent, de croisée en croisée de transept, entre des formations de clair-obscur. En quête du chœur ? Une clairière en fait office, où survit, d'un météorite, une lumière de gypse et de turquoise.

En cette place où les couleuvres d'ombre venues boire, têtes jointes, le soleil,

épanchent l'or de leur regard,

ils s'envisagent à bras tendus comme prélude une pavane.

La foule autour d'eux les annelle.

"Non, pas la joie : mais sous un dais de cimes sans appui, l'unisson du souffle et de l'espace ; l'unanimité de l'âme et du souffle et du cœur – semence d'altitude. Pas la joie ou l'ivresse, mais l'aise et la faveur, et l'incise à voix basse des choses menacées. Si la sapidité de l'être élève, incurve en moi son voile, l'instant m'instille sa douleur de mourir. Et voici que je crains de te nommer – bonheur !..."

Forêt, lieu du possible, et la contrée de l'origine. L'aube s'y perpétue ; l'aube jamais ne s'y départ de son envers de crépuscule. (Enfance, notre velours, qui se mirait aux yeux des cervidés...) Et sur notre face criblée de touffeur, l'amont appose un souffle de torrent.

Surmonte et disperse l'effroi, mon cœur !... La sève exsude un air de source ; l'afflux d'ombre lustrale fait éclater les vitraux des chapelles.

Première, l'inspiration. Premiers, ce lent renversement de l'être suivant une arche de muqueuse ; cette courbure arrière où point le translucide... Un air naissant déploie l'arbre intérieur jusqu'en ses ramilles d'alisier ; il fait de l'âme carnassière une étamine dans la brise. Le sang aux lèvres se souvient de raisins encore verts – enfance déchirée d'une grand-hâte d'être, ainsi qu'en vue des dunes littorales...

Amont, obscur amont, le goût me vient d'une âme primitive, et des fastes d'alors quand les lianes, les plantes volubiles conviaient à tous congrès et appariades. Mais qu'espérer du temps qui se terre en d'anciens massifs chevillés de dykes, ou de celui dont on dissipe à ciel ouvert (l'inflation de l'espace !) les gisements en fusion ?

Ici, l'ordre du temps traverse tout désordre et se fait temple ou basilique pour les dieux fondateurs. Ou leur salle des pas perdus, haute futaie... Leur mémorial encore ; et pour consigner ses annales, l'arbre a pris conseil de l'épeire.

Ici la Fable a dressé son portique ; ici se forma l'incipit de tout conte.

Interroger l'argile de Sumer que maints oiseaux

ont piétinée ? Rêvant, bien au-delà, sur un plan de clivage où le paraphe d'un lycopode empreint la nuit carbonifère,

j'entends (ce ne peut être l'océan soulevé) une forêt sans interstice se hisser à travers soi par subversion des sous-étages – toutes essences confondues dans une ébriété des sèves.

Comme au-dessus d'un faisceau d'embouchures, dans l'aplomb de grands fleuves dressés tel un naja que la flûte entrelace, j'entends la surrection d'un simple parenchyme. (Nul bois encore, qui veut le temps, mais le cartilage pour tiges.) Et toute une forêt s'engendre de l'expansion d'un limbe lacéré.

Quelle soufflerie presse un soubassement de brasier ? Des vents opprimés, qui gîtaient là, filtrent et fusent, halant de vastes panses de tonnerre. Dans une ruée verticale, des vents gigognes appointent des cimes ; l'immensité s'y allaite.

Avidité des vrilles et licence des sèves : la lubricité a son espace ! Et ce long brame égal, entre incisives et gencives serrées...

On retourne un gouffre ; on ouvre le sac des ténèbres ; et j'entends l'insondable se répandre et la profondeur affleurer. Pli après pli, la nuit se réverbère.

Enonciation, proclamation de l'Ombre. (Et la moelle déjà qui fait sa soumission !) Elle sera demain au secret sous l'écorce, compacte autant que concrétion, ou la captive d'un cachot d'aubépine : mais en ce temps de sigillaires et de calamites, Elle est ce qui, sur la couche bouleversée, se vautre et s'arc-boute. Intempérance de l'Ombre...

Forêt... – car ce n'est pas la mer insurgée, que j'entends ? –, forêt noire de ses loups futurs, de ses sangliers dans leurs souilles, où se présagent Gog et Magog, tu es un tel monument à l'obscur, qu'une théorie d'ourses blanches s'échappent aux lisières et d'un étirement d'échine rendent grâces au jour.

QUI ME TOUCHA l'épaule ?
(Ainsi du lecteur emporté
qu'assourdit soudain le calme de sa chambre.)
Une assomption d'abeilles mordore les houppiers,
mais sous le lierre terrestre, la cendre ensevelit le
grain de braise d'un grillon. L'été renonce, et
j'écoute, émané d'un sol efflorescent de rouille, le
silence se survivre et se prendre en la nasse.

Qu'a-t-on distrait ou décentré ? L'inertie du
feuillage comme réponse, et le vol tangent des
oiseaux... Là-bas les marges balbutient, rives
d'atoll. Ici, où la fougère en vain s'enquiert et
compulse, où l'ouïe vacante invoque l'accomplis-

sement d'un cristal, comme tu assailles sans entraves la peau limpide, odeur !

Noire dans l'aube obnubilée, l'odeur de
l'océan ; et noire au grand soleil dans les anfractuosités de la marée montante – mais noire
de l'éclatante immensité du sel. (A laquelle suffit,
au vrai, le bâillement d'un antre de muqueuses
verticillées.)

Autre le lieu, autre l'éclipse. Ici, l'odeur est
de mousse et de rouvre, de liège, de lichen, de
cutine de carabe – et de source rare entre des
lèvres de glaise. Le lierre y darde ses amers. Ici,
l'odeur est terne autant que la pierre à cloportes
et scolopendres qu'on vient à peine de retourner
– et l'humus en exhale son âcreté. Au fond du
filtre de la forêt, gisent les sédiments des jours –
faits de feuilles qu'un souffle de feu convulsa ;
de grandes marguerites de plumes, prédateurs !
et de tout ce qui chut ou consentit, à l'invite des
verticales : mèches bleues de la foudre, voiliers

de vent qui s'engravèrent, et de tant d'ombres en litière, où s'évanouirait un limon.

Ai-je pu m'alarmer des regards qui s'aiguisent sur les targes d'écorce ? Le péril est moins dans ce faisceau de visés, que dans l'odeur spongieuse et grise à nous manger les yeux ; que dans l'oblique odeur au sûr cheminement jusqu'à nos os...

Comme à l'obscur elle ouvre en nous les voies... L'épieu d'un gouffre me traverse. Ah, que vienne le gel bâillonnant les effluves ! Salubre ; y verrait-on reluire l'ossature. Mais cet envers, mais ce revers d'été... (Ce qu'est le chai, à la cour crayeuse de clarté.) Mais la puissance d'attouchement de ce qui se corrompt et se brésille, dans la déchéance de son nom... Hormis l'hiver, tout sous-bois est d'automne – et j'y foule et j'y respire à face émaciée l'ombre portée de la tourbière et du palud.

Pâles mes lèvres d'une saveur de germe, quand

je m'en vins sous le couvert où rencontrer l'inaugural, mais plus pâles encore d'y éventer le tumulus ; et j'en appelle à l'océan qui sans fin ne délivre, comme lâchers d'oiseaux par tout rivage, que la pure origine. J'en appelle aux champs mêmes, ouverts sur l'alouette, où le vent du plus court chemin s'érode le ventre comme un poisson qui fraie – et nous qui faisons face alors, nous invoquons Mercure flambant entre ses ailes.

Forêt, cohue de cortèges, je vois enfin tes croix processionnelles ; je vois des bras raidis se passer d'invisibles gisants ; et sous chacun de mes pas se noue la conjuration des racines. Forêt, comme un public debout s'acclame de sa grandeur insoupçonnée et ne veut plus quitter la place... Forêt, et ton acclamation debout de la lumière... Mais dans la basse-fosse d'ombrage, la mort à discrétion, qu'on ne ventile, est entre soi ; la mort à l'œuvre. Aussi n'est-il une portion de sol qui ne prétende à une même révérence que les dalles funéraires de la nef abbatiale ; une strate d'humus qui ne soit un feuillet d'obituaire.

(A ce qui s'insinue parmi les morts et sait d'eux ce qu'en recueille le peuple consanguin des eaux, je demande – les poings aux tempes : "Dites-nous le supplice d'être, impuissant, bafoué sans haine, avec constance ; la corrosion des ténèbres, l'offense de l'oubli... Dites ce qu'il advint de telles filles que je connus, où l'été avait mis sa complaisance – si haut, si dur le ciel qui considère les monolithes des cyprès... Et de l'Amante cardinale qui fit un palindrome d'*aimer* et de *mourir*... Non, ne me dites rien : vous parleriez de scories et d'effondrilles et d'éclisses d'or légères comme ponce ; mais on l'a vue ce jour encore – ubiquité ! – gravir l'aube étoilée d'ombres du versant aux châtaigniers ; se jeter à midi aux naseaux de la vague, qui s'en ébroue ; enfiévrer au soir une page vacante – et quel pur visage ascendant lui fait la clarté mate d'amande fraîche ouverte...")

182

Et mortels, nous le sommes, la senteur assez nous l'assène ; mais quel secret subsiste en ce sous-bois, qui nous dissuade par force bras tendus où s'annule le sens ? Je vous découvre, arbres chablis qui fuyiez moins vite que le vent ; grands ormes comme une tiare, blessés d'automne dans le plain du printemps ; arbres altiers que l'éclair balafra de son ornière ; et tant de mandibules expertes en fait d'annélation...

En cet espace de l'entre-soi, je vous surprends, pontifes morts en cime et tels qu'un roi debout, décapité (mais ses épaules soutiennent sa couronne). Ah, se peut-il qu'en vous aussi le temps s'opacifie ? Que seules soient à jamais vivaces les sommités de la forêt marine ? Ce serait décevoir une âme éprise de la permanence des prismes.

J'ai cru l'affirmation multipliée de la futaie : tant de cylindres à jamais combles de temps compact ! Et la troupe sur pied des jarres d'huile dans les communs de Cnossos ne m'en eût pas plus imposé. Mais le temps corrompt les geôles mêmes – et s'échappe pur de l'arbre suranné (ainsi l'esprit du vin, d'un flacon débouché). Puis il s'en va hanter les eaux qui se dévident selon la pente d'un sourire, le sang qui bat la seconde, un parfum qui se rengorge,

ou le levain d'un sein adolescent...

A L'ARBRE MÛR, l'homme prétend. Quel homme ? Celui qui s'est figé, par mimétisme, entre deux fûts et l'on dirait d'un rejet aux racines aériennes ? Mais qu'on joigne les cils – jusqu'à l'épure d'un taillis, jusqu'au renversement du temps – et l'on verra. Ceux qui ramassent glands et châtaignes, faînes et baies ; qui prélèvent l'écorce et font litière de feuilles et de mousses. (Sans omettre les bigres, usurpateurs d'abeilles.) Ceux qui poussent les bêtes aumailles en vive pâture et ceux qui labourent au groin les grasses pâtures ; qui chassent aux bêtes noires et rouges, ou qui prennent, à chiens

et à filets, connils et connins. Et puis encore...
Ah, que vaste en forêt est l'ouïe de la cognée !...

Tu allègues, grand arbre, une pandiculation de trois siècles, l'expansion rayonnée d'un silence de graine, sa fructification éparse, bien en vue des constellations. (Ne sont-ce là, qui se répondent, des gestes de prodigue ?) Ta lenteur envenime l'homme et ton antiquité l'offense. Périsse donc celui qui nous dénonce, de son dédain, notre hâte d'éphémère ; qui a mémoire de l'en deçà de nous.

Devant ton port de sceptre qu'on élève au-dessus d'une jonchée de nuques ; devant ce port qu'une cime ensemence, l'homme te ferait grâce ? Mais la beauté nous fouaille, la noblesse humilie ; en l'éminence est l'insulte ; et tu ne sais, ô porte-ombrage (dont le fût est bastille !), quelle âcre joie saisit, en sa plus trouble chair – comme pulpe se meurtrissant avec délices de sa saveur – celui qui jette à bas.

Tant de bras balanciers, grand arbre ; tant de bras portant invocation et qui supplient.... Mais unique, le pied.

Un jaquemart y frappe – égobelage – l'heure entre toutes.

Non plus l'heure, mais l'instant.. A une amarre seule, telle une patte d'épaule, suspendu.

Je te regarde et me raidis, statue de pierre où le cœur cogne.

"Qui me trahit ? (J'entends ta voix de souverain flairant la félonie.) La terre se refuse, le ciel ouvre les doigts..."

Aux horizons, tu demandes assistance ; aux nuages, aux oiseaux, aux girandoles d'astres latents.

"Souffrirez-vous qu'on souffle ma cime comme une flamme ?"

Mais si lisse, le ciel où s'est fondue l'aiguille de glace du zénith...

Arbre ultime

où le vertige grimpe en éclair d'écureuil

à la rencontre du renoncement,

mon regard te résume, qui se veut garant de l'outrage.

Transperçant les crayonnages des ramures, voici la verticale en son autorité d'arête, en sa grâce de médiane du champ oscillatoire. Dans l'incessante sollicitation du remous, dans les nodosités des airs, la restauration têtue de la rectitude.

A bonds inaperçus – l'acteur de Nô y prenne son modèle ! – nul n'érige plus pure la solennité du vivant. Et telle ici est la lenteur, que le soupçon nous vient d'infimes translations : ne vit-on pas jadis une forêt marcher sur un château recru de cauchemars ?

Arbre ultime, en ton cercle d'étais invisibles...

Mais l'un d'eux cède. Une dimension se retire de l'espace des houles. L'abrupt qui t'enserrait déploie son éventail.

Dans le haut-plateau de la forêt, dans ses as-

sises d'inertie, une faille s'ouvre ; la vitesse lui
agrée ; la précipitation la comblerait.

A hauteur de chevilles, ce craquement qui se
déchire, comme cordeau de mélinite.

Le plaisir ni la foudre n'ont en nous de durée. Et ni l'arbre qui verse.

Pourtant j'ai vu la gravité fondre d'un bond
de léopard sur la ramure s'inclinant. (Et trois
siècles d'affût, de fulgurer en la détente !) J'ai
vu, aussitôt que touchée, la proie se faire plomb ;
farouche, s'abattre une cravache enchevêtrée
– et la lueur était de torche. A la place assignée
(ce qui est science de pointeur), j'ai vu, qui tres-
sautait parmi son ombre, une vague verdie.

Déjà, d'un pseudopode, le ciel comble l'aven.

Qui parle d'arbre encore ? Homme et femme
allongés ont à se dire, qui achoppent à leur

gisement de sang. Jamais le flux ne se renie devant la grève qui le prosterne. Mais l'arbre est de l'écart extrême. Debout, le pied pesant sur le torse terrestre. L'arbre terrasse ou cesse d'être – trône dynastique abattu.

*C*ETTE PROMESSE, en la forêt, que l'ouïe de la cognée... Promesse de pilotis pour palafittes, et d'épieux contre boutoirs et broches. De fûts qui accouplent des rives – et que passe l'eau vive sous le joug... Promesse de pirogues et de trières, car c'est aubaine que le bannissement du bois que l'onde prononce à paumes unanimes. Aubaine que les mâts, tirés des arbres de haut-vent, aient une vocation d'aiguille entre les plateaux de la mer.

Au tintement étiré du glas sec et mat, fendeurs et scieurs de long s'en vinrent, et débardeurs sur leur fardier, et flotteurs à bûches perdues.

Les écorceurs encore – et qu'on rouisse le li-
ber du tilleul : nous avons à célébrer l'arbre ! –
Et puis le maître charbonnier, dresseur de meule,
expert en consomption.

S'en vinrent sergents, verdiers et forestiers,
arpenteurs et marteleurs, et ceux qui sont versés
tant en droits d'affouage qu'en forêt mise à ban ;

qui parlent de défends, de ségraierie et de
gruerie, de mort-bois et de bois mort (en estant
et en gisant).

Un homme, cependant, manieur de bisaiguë
et d'herminette, s'étonne qu'on ne le nomme.
Face au triangle, il sait, dit-il, plaider à charge
et à décharge – et conclure par embrèvement ; il
sait recréer, plus limpides, des aisselles de branche, et faire hommage au bois d'une tête levée.
(Et le faîte, sur nous, abaisse alors son regard
circonflexe !)

Je nommerai le charpentier : il m'apprit que l'arbre sous l'écorce – sa blondeur d'épi mûr ! – est une lampe dans le soir ;

qu'en l'arbre se résorbent les teintes fauves de son automne.

Je les ai vues, couleurs en concrétion que la hache équarrit... Figue fendue, tes dégradés sableux de sanguine ; nèfle, tes terres brûlées ; grenier, le soleil éteint de ton froment ; narcisses, vos stigmates safranés ; votre rouille, panicules de millet en septembre...

Je sais tes pouvoirs, charpentier... J'ai vu passer le chêne en un long vol d'arceaux sur des sommeils de moines – et notre voile palatal se souvenait d'un miel d'hiver. J'ai vu – par subversion des antipodes ? – j'ai vu voguer le châtaignier, membrure de nef inverse ainsi que sur un front de femme la symétrie de deux bandeaux auburn.

Je nommerai le charpentier ; et je dirai aussi les manieurs de varlope et de rabot : dans l'âpreté candide de l'atelier, le bois d'ouvrage enrubanne leur geste ! Ici, la siccité a son odeur, poreuse et rêche comme odeur de fournil ; la siccité a ses arômes et le tanin tient tête à l'ombre d'un lointain térébinthe. Ici, d'une palette aurifère – cognac et chamois, havane et topaze – l'âme tire sa carnation.

Le lit la table, dit le Poète, et le menuisier s'en prévaut ; mais l'ébéniste renchérit et par filets et gorges, flexion de lignes et lustre de jaspures, il mène le bois à sa fleur ; il renfle une panse de commode jusqu'à fleur d'eau – oblique !

Je nommerai, par révérence pour d'Alembert, le formier – fétichiste ? – et le coffretier-malletier, grand fournisseur en impédiments, et ceux qui firent les tamis et les cribles et ces boisseaux remplis d'un blé aux reflets de liqueur... Le tabletier encore, conjurateur d'ennui : sur un carré de carrefours que la supputation cimente, les coups de force de rois, de dames haut corsetés !

Figures, chastes figures sur le tissu des tailles, de vos fronts assidus, de vos maintiens de célébrants, procède, qui nous émeut, l'efflorescence de la main. Chacun de vos gestes figés a la clarté de nacre d'une preuve produite.

Si absorbées, humbles figures, qu'à peine entendrez-vous frapper deux enfants de Phalsbourg.

"Le lit la table..., reprend le tonnelier. M'oublierait-on, moi qui ménage au vin bourru un cachot de merrain pour qu'il y mène son ascèse comme le philosophe en son réduit ?"

Il est vrai, tonnelier, maître d'encerclements et de cerclages, tu détiens la science de ceindre et je loue tes barattes, tes tonneaux (le chai dans la pénombre ainsi qu'une bouverie en sommeil) ; mais de tes cuves encore, tu devrais tirer gloire quand une fille au bain y porte, de son torse à saveur de prunelle, un double toast à qui se veut gouverneur d'îles pures.

Et nous de penser entre toutes – ah, la surprendre... – à cette femme à fin écailleuse en son château de Lusignan.

Si le luthier se tait, c'est qu'il entend déjà, dans un mûrissement de la durée, s'élucider l'espace. Une harpe fruste, l'érable ou le cèdre ? Qui n'aurait que des notes sans timbre, pour une plainte d'excédé dont la fièvre assèche et gerce les lèvres ?

De bois encore, la table d'harmonie. Et voici qu'un archet aiguillonnant les airs articule une langue incandescente – par quel couchant appelée ? Elle fuse et flue, s'étire et nous prend en chemin, avive en nous l'antinomie, l'inguérissable. (Mais entre nous et le réel, cet écran d'un verre levé, de Bourgogne, de Sauternes ou de Riesling...)

Couleurs, couleurs en leur essor, leur passage et leur trace ; couleurs en leur semence – pizzicato où éclate en chiquenaude une capsule de balsamine ! – couleurs qui lamentent, adjurent ou prennent d'assaut, qui s'alanguissent ou dardent le morfil des glaives de yucca...

Une terreuse matité, sous l'écorce terne ? Le violon nous parle de guigne et de griottes, de groseilles, de grenades, et de chartreuse ;
de rubis qu'on érige ou saigne dans un espace d'agate rubanée.

Qui entend un alto épancher l'ambre et la pourpre et la garance, ah, comment croirait-il à l'induration de l'arbre ? Intenses et qui insistent, la complaisance et la tendresse ; la dévotieuse tendresse en sa précaire plénitude. Une giroflée s'ouvre, et luit le marron d'Inde au fond de la saison du cœur. Se ranime la braise au sein de son plumage de feuilles mortes...
Et celui qui à l'arbre impute sa réserve, maintiendra-t-il son dire,
écoutant, le cœur lesté d'aise, l'ampleur grondeuse du violoncelle en ses soulignements

à hauteur de diaphragme (ainsi qu'un doigt écrase le fusain) ; en sa ponctuation de vieux bronze, en ses effleurements de bure et de tabac, ses traits de râpe en Terre d'Ombrie ?

Ecoutant, le cœur goguenard, grommeler à voix de rogomme une contrebasse incongrue ? Et cette fougue alors, de la caroube et du cajou...

*D*EVANT L'ARBRE SUR PIED, l'un suppute l'épieu, la poutre, la palplanche ; l'autre le mat, la coque et le bossoir ; et l'autre encore la figure de proue :

"Pour un navire de haut-bord, il faut des flancs de femme pour mieux fendre les flots. Je vous la ferai nue, ses voiles envolés, captifs des vergues ; sa lingerie froissée en guise de sillage ;

lavé, lavé sans fin, son ventre, victorieux des vagues et du vent !..."

Devant l'arbre sur pied, l'un suppute le banc,

le coffre, l'établi, le bois de charronage et celui de tannage ; l'autre le jeu d'échecs, les quilles et les perles, ou la viole d'amour.

Le plus silencieux, qui se tient en retrait ainsi que donateur agenouillé, médite une statue de Notre-Dame :

"Brasseurs de songes et ciseleurs de brumes (c'est vous nommer, poètes), ce ne sont pas des nymphes, des dryades qu'enclôt la rude écorce, mais une Vierge assise – Trône de la Sagesse : son dos appelle la cathèdre ; en son giron, dans la clôture de ses doigts, un petit d'homme trop soucieux, à la main bénissante...

"Altier, cet arbre, et rectiligne autant que verticale ? J'éviderai le tronc avec un tel discernement, que je mettrai au jour le plissé de la robe, les vaguelettes des cheveux et la vasque des bras. Ni plume ni pinceau, mais l'ébauchoir et le biseau, et la doucine et le grattoir.

"Qui tient le fût pour un faisceau ligneux de lignes de fuite ? 'Suivre le fil du bois', dit le scieur de long aux gestes droits d'insecte... Mais le sculpteur compose avec les stries, les veines, les loupes et les nœuds, le bois parfait, le bois de cœur, et la roide arantelle des rayons médullaires... Qu'on ne lui parle de la roche ni de la glaise (leur quant-à-soi !) car il veut cette Vierge musicale et radieuse comme un arbre vivant.

"De l'opiniâtreté, je tirerai la grâce, et la clémence de la force ; je la ferai pensive, à l'orée de soi-même, les yeux à l'infini tels ceux qui anticipent un long destin de larmes. Je la ferai très humble – ô souveraine soumission – afin qu'on sache ce qui, dans l'arbre, intercédait pour cette Terre

à voix de tourterelle.

"Et l'œuvre sera belle autant que Vigne en fleur, que poliront – patine de ferveur – les mains des pèlerins. Et l'œuvre sera haute pour que monte vers elle laudes et litanies : 'Je vous salue, Épouse indéflorée', chante l'hymne acathiste. '*Ave maris stella*', exulte le cantique. *Ave*, 'retournement du nom d'Eva'".

★

Un homme vient, qui dit : "Et moi, je tirerai de l'arbre un dévot Christ en croix. Je lui ferai des orbites si caves, des joues si balafrées d'angoisse, que les siècles futurs verront avec effroi monter son cri amer *"Elôï, Elôï, lama sabachthani !"*

"Et que passent alors, sur l'âme des fidèles, les ombres de la neuvième heure. Que dans ce Christ aux bras sanglants, flagellé de ses côtes, se reconnaissent, pour la suite des temps, tous ceux que la Souffrance vient d'élire :

ceux qu'on offense, qu'on outrage sous des rictus de dérision ; qu'on fait geôliers de leur parole (et c'est, en eux, comme une source qu'on aveugle) ; que l'on torture pour extirper, de leur gorge crispée, une parole énorme (et quel enfantement mit à ce point la chair à mal ?) ;

ceux qui, sans nombre, vivent par maladie en des mâchoires de murènes, et qui diraient la chair en dissidence, insurgée contre soi, dans un hérissement d'aiguilles, d'aiguillons, de dards, d'alènes et d'épines, et de cristaux aciculaires.

« Où sont les courbes du loisir ? Chaque cellule irradie le qui-vive : le corps s'étoile d'un oursin violet !

"Où, les silences d'aise ? Vigueur vivace et de l'aigu et de l'acide ; stridence en pas de vis sous les huées des nerfs ; torsions qui vous transpercent de quel abîme térébrant – et comment soutenir, en un temps qui s'obstrue, ces élancements de l'immense dans un corps exigu qui brûle de ses cris ? (Pour la soif, le vinaigre.)

"Ouvrée à mains agiles, à mains minutieuses, l'orfèvrerie de la douleur.

"Je tirerai du bois, sueur et larmes, affres et navrement, afin que l'homme supplicié – fulguration du vif ! – ait, sous le ciel plombé, le ciel muet, un sûr garant. Je tirerai du bois transgression du thorax, clameur de la membrure, nuque abattue comme l'oiseau en vol, nuque sans maître, afin que nul n'ignore quelle agonie se tient en lui – à vous flétrir, à vous corrompre tout sourire".

L'HOMME CONVOITE l'arbre ; la flamme s'en repaît.

Dans la forêt pensive de l'été, quand les hautes synthèses s'achevant font au sous-bois un dais de palmes, surgit parfois, d'un froncis de papier de cristal,
l'hybride monstrueux du chrysanthème et du dahlia.

Qui se débat soudain, parmi l'éclatement des dents de lait du sel ?

Crevant tous les étages, le poids du Feu fasci-
culé ! Sa poigne pour l'étreinte et la torsion de
la tignasse... Sa poigne tenant ferme

l'attelage en flèche des flammes fougueuses.

Ici l'automne a découplé ses plus fauves couleurs ; l'automne avoue sa violence. Avide, un
hippogriffe à langue bifide (un peuple de veneurs
s'affairant aux brisées) lacère les sèves, broie des
os secs, écrase élytres et coques. Et mille vitriers
strient son hourvari de torrent qui se cabre.

Tel celui-là dont Déméter décrète que sa faim
toujours passera son rassasiement, un griffon hale
à soi le souffle et s'en fustige et s'en attise ; un
griffon s'effile et se hisse : le gouffre ascendant
l'y convie

– où s'enlève une chevelure aux teintes du
henné.

Serait-ce un sacrifice ? (Les flammes en ja-
velles ovationnent une nappe d'alcool.)

Mais ce bûcher qui, à l'espace, donne une
bouche de débauche ;

mais tant de sang grenat, grands arbres... Un tel assaut, un tel ressac de sang...

Et ce ciel de couchant ployé par la tornade, où le tocsin dissémine la suie...

On vous immole, ô fûts, et vos trophées d'ascensionnistes. Pour votre science des astres, ainsi que ceux dont le savoir insultait aux Livres ?

L'ample jonchée du Feu ! Parmi les piliers de toute sagesse, sa progression de pachydermes pourchassés... L'avancée dans la nuit de sa crête de corail comme lèvre inférieure où se jouerait l'aurore...

Tout chamarré de lave, un émissaire du soleil a demandé tribut : "Qu'on restitue d'un coup la poudre de vieil or si longtemps soutirée au sourire du jour ! Vorace suis-je, et jamais assouvi, dussent pour vous s'ensuivre le spasme et le séisme..."

Et il en fut ainsi. Et certains parlent d'oiseaux ardents qu'un rapace enlevait, dans la confusion des rémiges. D'autres, de foudres lacérées prises au piège d'un typhon ; ou de la transhumance d'un cratère égueulé. Et quelques-uns d'un rut de Gæa...

Quand le rezzou prit fin ; que la terre brandit des ossements d'un noir d'ivoire, dans l'amère et l'âcre odeur des matins aux portes des maréchaux-ferrants (et le cheval, dans le travail, bronche de cette ombre qui le vient prendre à contre-fil), on vit que le soleil en sa justice avait laissé – cendres comme lueur de centaurée, cendres bleu vénitien – tout ce que l'arbre devait aussi à tant d'onctions lunaires.

DANS UN AU-DELÀ de mémoire, un vent limpide et roide lèche et lisse les murs – et la nuit en prend consistance.

La Maison au mouillage... Mais cette voile sur le toit, dont la courbure épouse un poing ; mais cette voile en phonolithe... Le feu dans l'âtre ameublit le vent noir.

De peu, face à l'acerbe, la lampe étale et sa clarté de parchemin. Alcyoné ! Je jetterai un nid d'épines dans le flux de l'espace. Sous les halliers en migration, j'érigerai tout un cénacle de rosiers nains.

Feu sans orgueil ni démesure, tes esquives et déhanchements de cime qui intrigue en haut lieu...

En tes saillies, tes brèves ébriétés, feu sur tes pointes de danseuse...

Ah, s'en remettre au dévidage et au devis des flammes, quand la tourmente toute ellipse, la tourmente au long cours assaille l'être de son écheveau de rivages... (Cette expansion du gris, l'espace tuméfié, est-ce la mer qu'on incendie ?)

Ici soutiennent, enlacent et se déprennent, de souples doigts dardant leurs ongles bleus. Et la saveur du feu nous désaltère – où sèchent la glaise et l'écorce ; où s'insinuent le bulbe et le serein.

Vous n'avez pas, grands arbres, qu'un sombre sang plein d'âcreté – comme, autour du thonier, le flot convulsé d'agonies :

Qu'on vous dispose au féminin – et un sang mince se dilacère ; pure, la carnation se hausse vers des lèvres, effrange des paupières que scellait le soleil ; elle demande forme aux draperies des nymphes ;

elle peuple nos yeux de muqueuse idéale d'où l'esprit s'affranchit.

Repu, le feu s'affaisse, le feu se terre ? Je ne pousserai pas vers les tisons une affluence de flammes préhensiles ; d'un souffle à réjouir le rubis, je n'écorcerai pas la braise.

A la fin de l'arbre, à l'homme pensif, un même siège du silence.

Dans un resserrement de chaume qui sèche, un souvenir de sève suinte et siffle ; un ongle claque sur le bois ; et celui qui rêvait devant la grotte entre en ce couchant qu'un pourpre sé-crète.

Intimité... Dans la perle qui nous assimile, un sourire en quête de lèvres et la confusion des contours, le débord des couleurs.

Et la sollicitude comme substance, autour de l'âme qui chasse sur ses ancres.

Intimité... Hors de ses apparences, l'avancée, l'effusion circulaires du réel. (Ainsi vers le conteur qui suspend son propos, ce pas immatériel de l'auditoire.)

Ah, c'est ici, sous le transvasement d'une feuillée indéfinie ; en ce terrier où, comme au creux d'une paume d'infante, le temps hiberne, qu'il faut donner audience à la tendresse. Et que ne manque une seule de ses fibrilles !

NUIT DE LA TERRE, hissant tes voiles de cendre froide,

spongieuse, hissant tes sphaignes, et, buissonnante, les fourrures des brebis noires qu'on t'offrait à Éphèse,

n'attends de moi quelque louange où paraîtrait une "jeune Espérance" :

Tu es, qui s'est enflée, qui s'est dressée, l'ombre portée de l'Océan, – et son silence quand il dépasse encore son ombre.

Soutirant les couleurs, infestant tout relief de moelle pulvérulente, tu érodes et ruines, et t'instifues, fade à nos lèvres, seul élément.

Et l'homme, sous le surplomb du soir, est tel celui qui de sa porte voit au plus près les eaux en foule s'épauler : à hauteur du diaphragme, cette voûte surbaissée...

La nuit absorbe nos contours ; l'abîme s'y agrège – et l'évasive profondeur nous attouche de ses doutes.

Où est le champ clos du visible ? (Mais ce pennon qu'y déployait la hampe du regard...) Où, la déférence des horizons ? Le luxe d'une étendue de basse lice, paysage pour Très Riches Heures... ? Où sont la verve des vallées, la gravitation des golfes et la déclamation des monts ? Où, la confidence et le conseil à demi d'une anse ? Et ce marchand, toujours posté en quelque "point sublime", qui, d'un poignet vif se cassant, nous déroulait d'un coup un tapis de prière au dieu du Jour ?

Perspectives enfouies, appontements noyés –
la contiguïté de la Nuit ! Ma face discerne, im-
médiats dans leur ivresse de revanche, les ubacs
crêpelés et les avens aux spéculations d'alam-
bic ; l'ombre de l'if et le couvert du buis ; l'arrière-pays que l'on n'aborde, la panse du
strato-nimbus, les écrouelles et les caries, et tout
envers et tout revers – là où s'appose la pesanteur.

Au fond d'un antre sans parois, d'une geôle
bouche bée, dans la nasse d'opacité qui s'invétère
de nos gestes, comme on nous presse de ratifier,
tain sans miroir amoncelé à perte de tempes
éteintes,

l'oubli de nous !

Nuit de la Terre et Nuit du Monde, même et
seule mangrove...

Qui ne broncherait, portant sur sa tête levée,
le poids de la population stellaire ? (Les nébu-
leuses y nidifient selon la sphère, l'ellipse ou la

spirale.) Mais la bourrasque des ténèbres enveloppe la grêle des astres ; mais la plus noire mer tient en respect ses archipels. Et l'être est moins brûlé des galaxies que d'un mufle embué.

Une, la Nuit de l'interstice et de l'immensité... Une, et qui sans fin s'assiège et s'outrepasse, la Nuit sans issue ni dessein... Unes, la substance de l'angoisse et la cendre des clameurs. Une et sans borne,

une fin de non-recevoir.

– Nuit infrangible qui n'appréhendes ni la corrosion des quasars, ni les javelines des constellations, où sont, dans tes grimoires, l'alpha et l'oméga ? Le commencement qui ne fut ; la fin qui ne sera ? (Chronos couché en rond dans l'Ombre primordiale.)

Mais tant d'humus en suspension, afin d'ensevelir toute question de l'homme...

*A*STREINTE DE L'ÉNIGME et dédale du deuil... Menaçante, la cécité en masse. Et l'esprit qui se terre, offusqué par le Nombre.

Je vous invoque, nomades que le soir laisse sans garde-corps face à un ciel soudain crissant de cristallisations.

La Terre en déshérence, la Terre par grands fonds ouvre ses carrières de poussier. Une crypte s'en élève, érodée comme palais de Mari. Les survivants s'y sont assis. Un feu les tient dans sa volve d'oronge vineuse.

L'ancre jetée, toute pattes et becs, d'un feu de campement...

Le cercle des visages fait, au-dessus, une révolution de planète ; les mains dressées fleuronnent une couronne des Rois – et les yeux couvent une semence de soleil. Lumière ! Une écorchure à peine au ventre de la Nuit rend le regard aux naufragés. L'Ombre leur ceint les reins d'une même hart, mais une corolle d'hibiscus s'incurve par leurs faces ; un sang subtil fait élection de pommettes et de fronts...

... Chaleur ! Comme une résurgence de la cordialité du jour. Sèche, successive, une paume persuade l'épiderme des mérites du grès céramé : sous le masque pensif, durci de douceur, l'âme s'épanouit en ombelles ; l'âme pense avoir part à l'or fauve des forges. Chaleur, son élément ; chaleur, son aliment – et la peau qui les filtre s'en double d'un pelage de loir au soleil.

La Nuit jette au plus haut ses arches de basalte

sur le foisonnement du tchernoziom. Que pèse ici une opale de feu ? Mais, au-dessus des flammes, cette voûte d'avidité qui prend naissance en la coquille des palais – Saveur !... Car le temps fut, de la crudité du sang ; de la fibre fade sous une dent de carnassier ; de l'eau sans corps comme ingestion de l'ombre froide. Car le temps fut, de l'insipidité.

Mais la poigne du feu, quand trois pierres en faisceau affûtent les souples lancettes... Dans le grésillement des graisses, comme elle crispe et concentre... Sous une écorce ignée, l'amande se prononce, l'alvéole s'associe, – et la tendresse condense tous ses sucs. Aux vivres sans esprit, le discernement est promis ; et l'arôme de la rousseur, pignadas de juillet, aux vivres sans effluves.

Dans la nuit sans papilles, l'homme attend que le feu ait honoré la subsistance. L'homme attend et s'évide : faiblesse et ferveur ont de belles ogives ! Et la pesée en nous du boutoir de la faim, quand un mets à distance diffuse ses délices – et qu'un fil de fumée y entrelace les doux-amers de la lucidité...

Le temps fut, des fortes mâchoires, et des pâles saveurs de cartilage. Mais l'homme est oiseleur : Ailes rognées, tenu en laisse du regard, le feu lui offre sa pariade ; le feu compose avec la pâte un bel automne à livrée de faisan. (Et qu'on n'omette, à point nommé, de déparier les deux amants !)

Faim dans la nuit, citerne ouverte sur son creux – et l'homme désigné, de trois pierres brûlantes... Circonstanciée, la faim éduque ses muqueuses.

Toi qu'on nomma Père du Feu, grand arbre, consens à cette filiation. Tu n'es pas tout entier dans l'échevellement de ce phénix qu'un renard saisit et saigne : ton double s'en dégage ; il accède, à volutes émaciées, au lieu sans borne des cimes pures.

Père du Feu... Celui qui repousse d'un pas le cercle des ténèbres plantigrades dressées sur leurs pattes arrière – et tant d'yeux, par les gradins des arènes !

Celui qui revêt l'homme de pelisse ouatée, toute peau dissipée entre l'été et notre sang – et c'est visitation de la clémence, songe d'été, songe de sang ;

Celui qui ouvrage la faim comme dentelures de fanfare ; qui donne aux commensaux lyrisme, ébriété de bouche – et la satiété que paraphe, de sa sente brûlante, le thé ou le café.

Dément, ce roi qui, à ses arbres souverains, fit rendre les honneurs ?

Père du Feu. Son aliment. Devant ce peu de cendres blotties comme perdrix dans le sillon, je louerai moins Agni (conjurateur de maléfices et males bêtes), que le grand arbre qui fit à l'homme ces dons ultimes.

Que le Poète y puise exemple, lui qui voudrait tendre une torche à ses compagnons de caverne ; lui qui rêve d'un monde pris dans l'étirement d'horizons flexueux – sourires !... (Et l'enfant et la femme y sont lingots de lumière mobile.)

Quelle plus noble fin que cet effondrement de la rugueuse rigueur dans une floraison aux pulsations de gaillarde et de galop ?... Ainsi de l'orgue débondé que toccata et fugue subvertissent.

Et que l'instant est beau, qu'une flamme ductile épouse en ses ombelles et ombellules, quand il doit tout à la durée claquemurée qui soutint sans faiblir le long siège du Temps...

VARIATIONS

I

SUR LES QUATRE SAISONS

L'ÉPURE

L'ARBRE D'HIVER dresse, sur les pâles efflorescences du ciel, l'empreinte d'un delta fossile à l'image des ravines aux souplesses d'algue que le reflux imprime dans le sable. Mais à peine le regard s'élève-t-il pour suivre la surrection du torrent, sa subdivision jusqu'à une extrême ténuité de capillaires, sa sublimation dans l'espace, que l'image d'une concentration rapide, impérieuse, combat celle de l'épanouissement, de l'évanouissement progressifs. La convergence l'emporte sur la dispersion, et l'on voudrait retrouver le souvenir des pluies diluviennes qui provoquèrent de telles ravines. Voici non un delta mais le bassin d'un fleuve dans la hiérarchie des affluents, la violence du ruissellement – et c'est tout le ciel drainé qu'on engouffre de force en la terre, avec la pesanteur de proche en proche collectée.

Et cependant, il y a bien là une gerbe jaillissante faite de nuit dure et stricte comme les plombs des vitraux. Un ciel très ancien s'y prend, s'y avive aux pointes de gypse des enfourchures. Par les étroites lucarnes, les ogives déformées de l'arbre en dormance, un ciel se révèle en sa délitescence de nacre – ou sa floraison d'étang sous la lune ?

Ainsi le regard s'attache-t-il tour à tour au pédoncule massif et au déploiement d'éventail des terminaisons. Sollicité de se concentrer au plus bas, le voilà repris, entraîné dans le foisonnement d'une épure de polypier. Ou serait-ce une troupe s'égaillant, dont on suivrait par chaque branche le sauve-qui-peut ?

Non, non : l'évidence est bien dans ce labyrinthe dressé sur son issue et qui se résout peu à

peu, de la périphérie vers le point de convergence ultime. Et c'est l'arbre entier qui se
précipite vers lui-même, en lui-même ; qui
s'engouffre, selon un désordre gouverné, dans
sa propre nuit ; qui ne veut plus être qu'une
tour ramifiée où poursuivre sa vie recluse ; qu'un
système méditant – ostentatoire autant que le
tableau mural où nerfs moteurs et sensitifs nous
faisaient signe, enfant.

Dépouillé par une grêle de météorites, son intimité publiée tel celui que le scandale atteint,
l'arbre d'hiver nous livre les secrets de son
architecture. Et devant la charpente compliquée
comme à plaisir, mais précise, ingénieuse, et soumise à une exigence de symétrie, nous nous sentons en présence d'un ajustage conduit avec une
rigueur extrême. On vient de retirer tout autour
les étais et voici que l'arbre tient en équilibre par
la grâce d'un art qui sut composer à la perfection
avec les forces en présence. L'aiguille de la balance se subdivise en une infinité d'autres qui toutes concourent à cette pesée si exacte de l'espace

environnant que tout arbre bien né réalise.

L'édifice tient de l'ossature, d'une fine musculature et de la ramification nerveuse. Une charpente nerveuse, c'est cela ; où chaque ajout fut pesé ; où la possible tyrannie d'un élément se trouverait à mesure annulée.

Ce n'est pas là un travail de notre temps. Seuls purent le mener à bien des compagnons qui, réalisant leur chef-d'œuvre, multiplièrent les difficultés – et qu'on apprécie donc la diversité des réponses !... – pour ne renoncer qu'aux limites de la ténuité quand rien ne semble plus pouvoir flotter dans l'air ; quand notre faculté de perception abdique. Et il reste de rêver sur ce nimbe, cette couronne d'antennes que l'hiver met aussi à nu.

Un arbre riche de toutes ses ouïes battantes – un arbre qui s'émerveille ! – a la profusion dorée des miniatures du XVe siècle ; son opulence gagne et empreint l'être de chair. L'arbre d'hiver, lui, s'adresse à nos ossements ; à ceux plutôt d'un hôte, en nous, dont nous nous étonnons qu'il ait été à ce point torturé, roué – et que nous finissons, bien sûr, par reconnaître.

A nu, l'architecture ; non moins à nu, la matière. Le bois est cela qui s'enfle, se fige et se durcit dans le même temps. Ce qui se noue de place en place, qui s'ente soi-même, qui ne s'éploie qu'au prix d'un assemblage opiniâtre. Ni ductile ni malléable, une façon de pierre volcanique coriace et retorse.

Le feuillage nous masquait ce que l'arbre renferme d'agressif et d'inquiétant. A présent la griffe et l'ergot se déclarent, et la pince et l'aiguillon, et tous les instruments d'une inquisition à l'œuvre. Ce qui désigne et dénonce, repousse ou éconduit, encore. Ce qui excommunie, d'une nuée d'index tendus ; et l'anathème jeté de toute part ne s'amenuise que pour frapper le plus grand nombre. Pour qu'à la pointe des branches, l'hostilité se mue en dérision.

A nu comme jamais, la poigne d'air qui maintient droit et roide le tronc ; au-dessus, les corps de contorsionnistes qui s'échappent du mat dressé, la chevelure de Gorgone qui brouille le furieux étirement de leurs muscles.

A nu, un arbre vipérin. A grand-peine maîtrisée, une famille de reptiles têtes confondues et à qui l'on fait mordre la poussière, disloque l'espace de leurs corps et de leurs queues.

L'hiver, inversant l'arbre, exhibe le réseau des racines ; il arbore la nuit de la terre, ses manigances et ses rapines. Ce qui avait, pour la terre et la roche, la ténacité du piège, soumet le ciel aux étoilements et aux fissures d'un enchevêtrement de foudres grises – silencieuses tant elles s'abattirent loin dans le temps.

Un grand rapace dépenaillé s'arrache du sol.

Ce qu'on nous apprend – et quelle autorité a la complexe calligraphie ! – c'est que l'édification d'un arbre se fait à grands ahans, même si la lenteur nous le dissimule. C'est qu'il est le fruit d'une violence convulsive, grimaçante, même si, dans la lumière crue du dénuement, elle peut nous sembler sans objet ; et vaine, la puissance en jeu ; inintelligibles, les traces de luttes. (Devant nous, le réseau de plis, de rides d'un visage que bouleverse la résistance de ce que les bras, les mains voudraient extraire.)

Ce qu'on nous dit, encore, c'est que l'espace est un milieu dense, quasi impénétrable, où il fallut ruser pour se couler, se déployer ; où l'on ne put *s'enraciner* qu'à grand renfort de contournements d'obstacles, de feintes, de sursauts. Et sans doute verrait-on dans la branche la figure de l'insinuant, si sa propagation n'avait quelque chose de si farouche ou de désespéré. Ou si l'on ne se persuadait que l'arbre doit faire flèche de tout son bois.

Dans un paysage d'eau-forte aux tailles plus ou moins denses, et cependant que les corbeaux distendent par leurs cris la terre des labours, qu'ils la disposent en cercles concentriques, l'arbre vidé, évidé de l'hiver rend manifeste le charme qui fige sa ramure en pleine tension ou en pleine détresse – ou en pleine traîtrise ?

L'esprit peut bien trouver un aliment salubre dans cette organisation de gestes véhéments et dominés ; dans ces formes sans complaisance qui doivent à la nudité le noir éclat qui les pare ; tout comme il se trouve vivifié par un ciel auquel, furieusement, on donne les étrivières ;

il n'en appelle pas moins de ses vœux la charge de feuilles, de soleil et d'ombre, et de feuilles encore qui justifie ce haut déploiement de membres arc-boutés. Et il ne doute pas que l'arbre retrouvera un jour sa nature de bouquet d'oiseaux uni-aile, à la dispersion imminente et toujours différée.

Car dans cette nuit tortueuse mais échancrée, se loge comme paquets de neige la clarté propre à la vacance, à l'attente. (Déjà, que le jour soit pur, et c'est un sourire – dans les liens, dans les fers, mais un sourire – que la ramure dissémine.)

Et ce qui paraît, au total, c'est moins la méditation que la disponibilité, que la vigilance ;

que l'attention au vent qui passe, à la lumière, à la couleur de la brise.

L'attention, en un mot, à ce signe furtif qui, pour avoir insinué la grâce en l'espace astringent, gouverne les migrations animales, déclenche la fin de l'hibernation, déchire les chrysalides, et descellant les sources étagées, fait surgir la colonie des feuilles. Lesquelles, pour l'heure, prennent corps et s'assemblent quelque part entre les racines.

LA MULTITUDE

*A*LORS QUE LE CHÊNE lézarde encore le ciel, de son squelette carbonisé ; que le peuplier se cloute à la façon des vieilles portes, un tressautement précipité cerne la maison à l'aube, fluide et fiévreux comme la grève de gravillons que la lèvre du flot assaille par intervalle.

Qu'il se lève et sorte, celui que ce surgissement sonore inquiète en son sommeil finissant. (Cette compétition, cette insistance dans l'érection de formes lancéolées... Cette contagion de l'ivresse...)

A l'heure où sous le vert bouteille de l'orient

s'allume une rampe de mauves, à l'heure des plus beaux contre-jours, un fourmillant fouillis se développe, virulent comme une gravure de Bresdin. Sur un soubassement d'obscur sous-bois, la surrection de cimes minuscules rétablit le partage entre ce qui procède de la terre et ce qui relève de l'espace ; ce qui se trouve astreint et ce qui est de condition libre.

A la fois statique et tendu vers le haut, un front de hallier ? Un massif de flammes éperdues, dardé comme un bassin de cierges en une crypte ? Ce qui doit, fût-ce férocement, croître, se hausser, dominer. La conjugaison forcenée du verbe *poindre* ; la hâte de s'assurer son espace, à armes acérées, avant que le jour ne s'établisse. Sensibles, le foisonnement, l'ébouriffement de la cime ; l'avènement de la *feuille* – dentelée, digitée, lobée – une et innombrable, et ciselée comme en un tableau de Primitif.

Qu'il sorte, celui qui dormait, et qu'il écoute un front de feuilles saluer à voix qui se brouillent l'argent de l'aube. Qu'il écoute – les arbres et les buissons chargés d'oiseaux comme le prunellier de ses fruits bleus – un peuple émerillonné se répartir les airs et en faire reluire le grènetis avec application, avec tendresse. Et qu'importe si le coucou y introduit la claudication : si stable est l'horizon captivé par la taille des gemmes...

... Cependant, le jour élève un voile de cendre ; crevassée par les corbeaux, la brume basse reprend ses droits ; la multitude s'éteint, et les feuilles nouvelles apprennent seules à pépier dans la brise mate.

Mais ce moment d'un exultant embrouillamini !...

Tout a peut-être commencé, un matin de mars, par un ciel bleu infusé du violet des lilas futurs – et la consistance du ciel, alors! Le poids du ciel sur les branches nues !... Le vent du sud brassait les arbres évidés, faisait cliqueter les rameaux secs dans une grêle de beau temps... L'arbre se souvint-il d'un feuillage flambant comme une rivière rebroussée ? D'un feuillage, rêve dépenaillé ? Perçut-il, au sein de la violence des airs, le gisement de la douceur ? Quelque chose perla au bout de chaque rameau ; l'espace de l'arbre se chargea de froment ou de limaille ferrugineuse. Et il y eut ainsi, – grains de blé et grains de ciel mêlés – comme une semaille suspendue... A présent, sur la voûte ouatée, parmi les brindilles fraîches des oiseaux, un nuage s'assemble, de chrysalides de piéride au terme de la nymphose.

Un arbre sous tension ascendante, aux limites éperonnées, et qui n'a d'autre échappatoire que le dépassement, tel est celui de mars. Un arbre qui ne peut plus raison garder : quelque chose, en sa nuit massive, ossifiée, veut *voir*. Par les mille défauts de la cuirasse, prendre jour... La tension, la turgescence. Ce qu'il entre d'aveugle, d'impérieux dans le désir est là, avec cette nécessité de franchir le seuil, de déboucher sur l'émulsion de miel pressentie... Avec l'impatience encore d'un silence trop longtemps contenu face à l'éparpillement – de bouche en bouche d'oiseaux – de ruisselets de toutes parts rompus, repris, réunis.

Le bois de l'hiver subsiste ; le bois ou la rudesse grossière, la concrétion végétale à la patience de lichen. Mais il y a désormais ce qui en procède et s'en distingue : fermée, compacte, une substance épurée que l'on dirait polie, aiguisée entre deux doigts ; qui a des roseurs d'ongle d'enfant, des ombres d'aurore ternie – mais cet éclat qui lui vient de sa position extrême, de son acuité, de sa rigidité... Bourgeon ! Ce qui est de la nature de l'ergot, de l'éperon et sans doute faudrait-il oser le nom, corseté, de clitoris. Ce qui ressemble aux yeux proéminents des crustacés.

Ce sont les bourgeons – jalonnant, armant chaque rameau nu – qui font l'arbre à peine acerbe ; comme si, par eux, la charpente regimbait encore contre l'hôte souple et silencieux. Mais la constellation en puissance qui se tient dans ces grains menus, pointus comme ceux de l'avoine... On sent qu'ils ne sauraient plus longtemps réprimer ce qui veut se déplier, se déployer

– feuillage ! Lequel est bien plus qu'une assemblée d'ailes minuscules : un espace d'eaux vives, d'anfractuosités limpides, de lèvres balbutiantes que le vent consume en une torsion.

Ce n'est toujours qu'un arbre d'hiver ; mais, finement crêté, dentelé, il est tout entier raidi vers ses lisières. Jamais, comme en ce point de rupture, tant de luxuriance ne fut si étroitement bridée.

Retrouvé quelques jours après, le ciel de l'arbre nous apparaît peuplé d'insectes grisâtres, aux multiples ailes enchevêtrées. L'arbre se débourre, noir et bistre, avec des lueurs de labours, de fleurs de trèfle séchées ; il s'est épaissi à la façon d'une nuée, par masses où s'esquissent les caps, les péninsules futurs. Et c'est l'image encore d'une limaille soumise à des champs magnétiques assez lâches, où il y aurait part pour l'indécision. Telle qu'en un dessin de Seurat, la composition procède par juxtaposition de points obscurs et intenses – le ciel comme liquide interstitiel. Ainsi l'espace de l'arbre est-il pris dans une dentelle à densité variable, serrée là où la nidification se prononce ; ténue entre les masses, au niveau des fortes branches – et se dessinent alors de fines craquelures de tableau ancien, le lacis des nervures d'une feuille morte, à claire-voie...

Un arbre au seuil du printemps est un édifice d'instincts, peut-être de guets minuscules. Une acuité fourmillante. Et le bois sans doute paraît encore figé, sec et stérile, mais qu'on s'approche, et l'on voit surgir de lui, par une véritable mutation, des pinceaux de longs pétales, – verts œillets brefs et hirsutes. Mille déflagrations permirent cet avènement du vert, d'une fraîcheur insistante et gracile. Après l'ordre hiérarchisé, le désordre, la confusion – l'ardeur à s'ouvrir, à étendre ses prises. (En miniature, des mains de nouveau-né encore fripées.) Emergeant d'écailles bousculées, couleur de son, des insectes richement ailés, griffus, – avec ce qu'il y a de touchant dans le chiffonné. Et notre dent s'avive dans sa blancheur, son tranchant, en face de ce qui est à ce point tendre... Voici l'avènement du vert ; celui du moins de la mer des ciels voilés, de l'aigue-marine, de la menthe, et du citron "où s'imprimaient tes dents". L'avènement du vert, l'avènement de l'ombre ; et celle – pincée, froncée – qui se tient à la base de chaque minuscule plumeau préfigure l'envers du mouvant tissu végétal dont nous couvrirons demain nos bras nus et notre front.

Printemps ! Dans la mollesse, l'onctuosité des airs, les oiseaux maintiennent l'éclat du silex, du gravier mouillé, de l'onyx qu'on taraude. Avec, en marge toujours, le porte-à-faux du coucou. Mais le branchage n'est plus si insistant, qu'on voit se revêtir d'une voilette distendue, réduite aux nœuds des mailles. De sorte que la raideur, la rigueur de la charpente se tempèrent et que la moindre brise ensemence son espace. Encore atrophié – mille pointes extrêmes de crosse de fougère en suspension –, le feuillage n'en réapprend pas moins à l'arbre la tendresse, le bonheur de répondre aux plus faibles sollicitations de la brise quand elle fait tressaillir la sensible aiguille de l'herbe haute. Le temps n'est pas venu de l'inspiration, de l'expiration forcées que le vent lui arrache, mais l'arbre déjà soupire et s'émeut ; son étrange voyage reprend, fait d'essors brisés – et comme on voit alors se tendre la chaîne ! –, de dérives tout de suite interrompues, d'évasions qui tournent court et se referment sur elles-mêmes.

Le voici de nouveau soumis à une palpitation inquiète, pleine d'espérance, quand même celle-ci est continûment démentie. Faible et lâche, la résistance qu'il oppose à la brise ; mais il n'est déjà plus l'édifice que le vent traversait comme un assemblage de poutrelles : l'air, dès à présent, doit composer avec lui ; et il en naît des figures incertaines, des esquisses raturées, ou plutôt quelque chose n'en finit pas de chercher son assiette et précautionneusement de trier, départir, soupeser... N'en finit pas de se dédire. Avec l'apparition du feuillage, l'arbre réapprend l'insatisfaction et le scrupule, le tâtonnement et l'application, le renoncement et l'espoir : il redevient le frère sédentaire de l'homme ; celui que ses jambes soudées par l'astreinte de la terre privent à jamais de faire un pas, mais dont la tête brasse des pensées fugaces.

Par touches innombrables, l'arbre reconquiert son espace ; il redevient un nuage où s'amalgament encore la consistance de la ramure et l'indécision du vert et du bleu emmêlés en pluie battante. (La lumière même de l'averse de mars.) Un tissu – pulmonaire ! – s'agrège, s'imprègne d'ombre ; une grande chose prend corps, déjà visible en filigrane, en trompe-l'œil. Si nous avons le sentiment du transitoire et donc de l'inaccompli, n'est-ce pas en raison de l'évidente disproportion entre le bois tout effort et l'étamine en pièces qu'il soutient ? Le noir éclat du branchage, qu'un blanc d'œuf battu avive à chaque aisselle, l'emporte encore sur la clarté d'un feuillage du-bout-des-doigts, à la délicatesse de fleur, aux grâces d'asparagus. Sur un arrière-plan de beau temps, subsiste la nuit torrentueuse des maîtresses branches. Le tissu léger qui flotte

autour d'elles n'en brouille que les extrêmes pro-
longements ; à peine s'il affadit le sel enserré.
Oui, une esquisse de feuillage, à la fois écume
et cendre, plutôt qu'un feuillage véritable. Le
stade de la mise en place ; et le graveur s'est con-
tenté, pour chaque feuille, d'un signe griffu,
ouvert, – vacant.

Encore un peu de temps, néanmoins, et il y
aura envahissement de l'espace végétal par la patte
palmée, repliée ; par l'insecte aux ailes déployées ;
par l'étoile ténue. Et un bourdonnement qui semble l'amplification de celui de l'herbe. Déjà, le
noir réseau fluvial se dissimule, composant avec
les jeunes feuilles un treillage qui résiste à la pression du ciel. L'arbre s'imprègne, se charge de crépuscule, et dès lors son image sur la terre se
prononce, ombre encore largement ocellée mais
ombre ! Suffisante pour que le regard du soleil
soit divisé, rompu ; pour que le soleil soit un nid
de chenilles, tissé d'or, faiblement balancé, et
non plus l'émergence en altitude d'une langue

glaciaire. Suffisante pour rendre la terre plus affable – et que fonce demain le lilas.

L'arbre s'étoffe, devient colline, volière et nasse et fronde, orage *antique*, verrière en fusion, château d'air, promontoire où s'abattit, pour une longue halte, une colonie d'oiseaux verts en migration... Il devient cette chose familière et cependant si insolite dès qu'on la considère : un arbre. Désormais, quand nous lèverons les yeux, la fraîcheur nous tendra son exquise aspérité – et cette façon qu'elle a de nous happer de son puissant essaim de papilles...

La fraîcheur du ciel est celle d'un lac vu de loin dans un évasement des terres, telle une jatte d'eau tendue au voyageur. L'arbre en est le relais ; en lui, l'azur projette ce qu'il a de premier, de pur et de vivace. Et nous reconnaissons l'élévation de l'aube, de l'herbe et de cette eau secrète qu'elle divise dans le pli de la prairie. La résurgence du très ancien, encore, comme si tant de millénaires s'offraient en concrétions légères. Et le souvenir nous vient, de vasques verdies en un parc étouffé de fourrés ; de bronzes qu'on déterre, boursouflés par la corrosion.

De nouveau – en rendrons-nous assez grâce ? – une présence fixe et insaisissable, pressante et évasive. Ce qui a la coloration d'une longue soif en voie d'étanchement, à l'instant où notre palais change de face et que survit encore l'âpre jubilation de qui se trouve enfermé enfin avec l'objet de son désir ; et la pièce est close, et la femme fondante a la courbure de notre gorge, et la stridence du sel est à nos tempes.

Un arbre au printemps, un arbre frondescent est cela qui érige sur un ciel parcimonieux, parmi des vestiges de vaisseaux noirs, une vigne aux lourdes grappes. Cela qui conquiert et s'assimile une portion des airs, lui laissant ses aises, ses soupirs, ses fleuves suspendus; le peuplant d'intermittences, de tressaillements, de fièvre qui nous semblent énigmatiques, nous qui n'avons pas un tel labyrinthe d'oreille.

Et c'est, pour nous, être témoin de l'insertion minutieuse d'un songe dans l'espace.

Un soir de mai, quand les haies s'empâtent d'ombre, que le serein humecte les prairies, que la rumeur des hommes s'exténue en confins de flammes très basses – un aboi de chien faussement éperdu répondant au hochement du coucou, juste en deçà du dernier cercle terrestre –, le rossignol, à peine de retour, lance dans le vide, d'un balcon exigu, les billes d'ébène d'un collier à mesure défait.

Tête baissée, alliant la vigueur à l'impétuosité, il se jette dans le dédale de son chant. Que d'autres se satisfassent de mièvres gazouillis, de la menue paille des piaillements ; que le merle se borne à redresser et détordre des rubans de jais : le rossignol entend bien faire savoir qu'il est orfèvre.

C'est donc "sur la plus haute branche", au plus limpide de l'arbre, qu'il ouvre, en surplomb, son échoppe de plein air. Et que la matière travaillée soit dure : les autres oiseaux œuvrent dans une sphère de roches friables ; lui dégage une veine étroite à textures de spath et de lapis, d'onyx et d'obsidienne, où l'on ne progresse qu'en forant et ciselant. Une veine de ténèbre.

Deux êtres ont ce pouvoir de nous révéler la nuit au sein de la plus vaste lumière : l'océan, le rossignol. Qui pourrait oublier la grande face gréseuse qui se dresse dans le jour marin ? Mais l'oiseau seul nous enseigne la compacité, la ductilité du noir absolu : il le dégage, le fragmente, le détoure ; il y sculpte des torsades comme sur leur bâton les bergers ; il le polit et l'éjecte par rafales brèves.

Dans la halte d'un instant qu'il s'accorde – où l'on sent l'œil de l'artisan qui fait le point –, les grillons n'ont que le temps de jalonner l'assise de leur limaille d'or gris ; le crapaud calamite de râper une minuscule outre sonore ; les sauterelles de cisailler jusqu'à leur cri ; une pie, sur un arbre, d'être l'incongruité même.

Déjà le virtuose s'ébroue, amorce un pointillé rigide qui mitraille le silence, stoppe net le staccato – et quelle expectative suit, dans l'éther captivé... Puis il reprend par un étirement de notes flûtées, bleu de nuit ; de notes gigognes moins émises que dévidées dans un legato qui humilie notre souffle et suspend toute vie.

A peine nous enchantions-nous de ces aigus filés, *penchés*, complaisants, qu'une allégresse quasi féroce, une dureté sans réplique succèdent à la ferveur élégiaque. Trilles et roulades et enchaînements de *huit* balancent un trapèze au-dessus de nous ; puis des notes piquées s'alignent en un martèlement rigide, prolongé, un impérieux tutoiement de l'espace.

Trop grand prince pour se répéter, il est maître en fait de ruptures, voltes serrées et variations, détentes et rétablissements. Ce ne sont donc que changements brusques de registre, de trajectoire et de couleur ; toutes les nuances de l'ombre s'entrechoquant sur un invisible comptoir.

Et nous, l'oreille cloisonnée comme une coquille de nautile, subjugué jusqu'à la stupeur – ainsi quand la diva nous fait accéder à la note

ultime de sa tessiture –, nous regardons ce foudroiement ouvrager un portail de stûpa.

Une prairie en friche, en contrebas du chemin, entre quatre falaises de verdure et leurs
éboulis suspendus ; une prairie où chaque pas,
entravé par les ronces basses, se fait à genou os-
tensible. Dans la campagne façonnée, une alvéole pour émaux champlevés. Et pour tout
bruit, un bourdonnement de soleil à son affaire,
une rumeur d'amollissement où l'universelle ri-
valité pour la lumière se dissimule.

Telle une main de peintre qui esquisse puis
rature sur sa toile des masses de feuillage, la brise
sème ou disperse dans les arbres la plaisance et
la paresse, et le divertissement ; elle éparpille,
amalgamés, miroitements d'eau vive en gravière
et cris d'oiseaux.

Tant de grâce entachée d'incertitude et d'in-
conséquence – tant d'adolescence ! – a-t-elle fini
par irriter les dieux ? Une écluse, au loin, fut
ouverte, et le vent qu'annonçait un souffle de

crue vient de gagner la place.

La brise égarait à plaisir ce qu'elle visitait. A tout ce qui vit, le vent insuffle le sens. Il n'est de branche, de feuille, de brin d'herbe ou d'insecte qui ne sache à présent où se tient l'Est ; où se trouvent et l'amont et l'aval.

Voici la Terre prise dans une invisible dénivelée. L'altitude cesse d'être un concept ; et le degré zéro, une convention : à prolonger en pensée cette course, on ne saurait aboutir, au plus bas, qu'à une grève. Mille plages, au reste, autour de la prairie, donnent au vent la prescience du rivage ultime. A moins que, tel un mascaret, la rumeur ne remonte un espace à la conformation d'estuaire ?

Des luzernières, des champs de trèfle aspirés en passant se fraient au plus droit une issue... Le règne végétal se savait-il tant d'élasticité ? Mais ce qui l'étire et le pétrit est aussi lisse et fermé qu'un galet ; à croire que le vent, là-haut, s'est poli aux cailloux roulés du torrent jusqu'à leur emprunter leur translucidité de silice, le grain de leurs contours, leur halo de tumulte.

Gras et chuintant, le vent de juin se goberge d'arbre en arbre et fait, de toute essence, son miel – pâteux avec le cèdre, si fluide avec le saule, ambré de la sonore tignasse d'*antan* du chêne rouvre.

A traverser ce bocage, se croit-il à l'embouche ? Il se leste si bien de sèves, qu'en levant la face, nous pensons lui voir un ventre ombré de cumulus. Et de songer au vent qui ricoche d'île en île, en mer d'Iroise, râpeux comme les grandes tables rocheuses de marée basse. De songer – ô Molène ! – à celui qui, nu comme l'œil de la source, acerbe autant que le fil de l'épée, épousait sans répit la courbure de la Terre, y déployant un feuillet de plèvre et donnant à l'espace une compacité de quartz.

Le vent de septembre, celui de novembre ou de février auront un timbre spécifique, une autre étoffe, d'autres lueurs pour le fétu que nous sommes. Le vent de juin est plus poignant encore que le pilleur de platanes et de marronniers : il presse, il écrête la vague de l'an à son apogée ; il l'emporte en un brasier perspectif. Dans l'espace où se démaille une mousse de vendange en cuve, les hautes toisons bronchent sous les banderilles ; une branche charpentière en gémit ; et ce ne sont que tourments de feuillage – trouées de tourment, bosquets d'effroi –, qu'abaissement, révolte et soumission.

Les poètes diront la nostalgie des longs glissés – rutilants – des vents d'automne ; mais le sage qu'allait abuser la plus haute masse d'instants et de clarté que lui offre l'année, le sage s'estime prévenu :

– Vent vénéneux qui tiens sous ton joug toute la sève en surrection et qui la foules à larges pattes de grand plantigrade, comme tu me courbes la nuque vers la terre où je dois me défaire ; comme tu me rappelles que je suis passant, et que *cela* fut ; comme tu me désignes sans équivoque le Couchant, Vent de juin, Seigneur Vent !

L'OMBRE

*P*OUR TOUTE UNE SAISON, désormais, l'arbre accompli va demeurer en sa toison fournie où la membrure se dérobe, en ses couleurs rehaussées de brun : il est, dans le grand jour, un crépuscule qui aurait pris corps et se tiendrait amarré là. Proche et pourtant inaccessible : moins parce qu'il ne saurait être embrassé, que par sa configuration de nuage qu'un effleurement perpétuel effrange.

Mais devant ces contours élimés par la silice du ciel, érodés par le mouvant, et qui palpitent de leurs échanges avec ce qui les baigne, une image prend le pas sur toute autre. Pour une large saison, l'arbre est cette île pure que l'enfant seul habite ; où n'abordent que les oiseaux non moins purs et dont ils s'évadent pour une combustion sans résidu.

Dressé dans le beau temps, l'arbre est alors pleinement l'île-jardin, l'île-fourré où se soustraire aux regards de l'adulte ; où voyager parmi les bancs de nuages ; où dériver avec tout ce qui vous entoure : poissons volants, oursins translucides, grêle du dernier avril, rameaux de ciel inextricablement mêlés au tissu végétal, comme si un arbre, toujours, se tenait sur fond d'arbre diaphane.

Une île. Ouverte aux influences – ses rives ne sont-elles pas incisées de rias ? – et qui regarde autour d'elle ainsi qu'un massif ; mais dont la singularité, la solitude, le songe qui s'y dévide n'éclatent jamais mieux que si de vastes marges lui sont offertes.

A l'arbre d'été, l'homme demande un refuge d'autre sorte. Il n'est de vie qui vaille que subjuguée par un soleil tragique – celui qui rend si noirs les cyprès grecs. Que dans l'aspiration à toujours plus de touffeur, climat obligé des passions... Mais ce regard unique, proche de la verticale, sur notre nuque et nos épaules, sur les lobes de nos poumons, sur notre diaphragme ; ce regard de témoin et de poursuivant, sans un cillement – ah, s'y soustraire un moment ; trouver un asile d'où, sauf, regarder l'incendie...

L'homme sait déjouer la charge du soleil. Enclose entre des murs chaulés, confite (le reste de la terre comme un rutilant bassin de cuivre), l'ombre possède alors la rassurante permanence de la maison même. Et les découpages rectilignes, d'un grisé uniforme, que les murs projettent au dehors, lui sont comme appentis et dépendances.

Mais l'ombre végétale... De l'aube au soir, la révolution d'une source à la saveur d'humus, de menthe, de mousse humide et de cressonnière.

Qu'on nous laisse préférer, à l'ombre gisant au pied d'un mur, abattue nette par un écran, celle que des strates de feuillage édifient et qui est lumière tombée d'en-haut, passée au filtre d'un étagement de lentilles vertes. Dentelée, ocellée, cette ombre-ci se souvient de son origine. Tenue de court à midi, comme sa source se fait profuse aux deux bornes du jour ; comme elle se distend en oblongues traînées qui franchissent au plus droit tous les ressauts du sol...

Une émulsion de sève et de nuit compose l'encre de seiche que les arbres répandent. Et nous nous tenons en cette ombre comme au sein d'une fontaine suspendue où nous aurions le privilège de respirer une façon d'eau fraîche – et sèche ! – happante autant que le puits obscur sur lequel on se penche ; une eau lentement feuilletée, avec le souffle qui en émanerait. De sorte que l'ombre végétale nous semble une substance qui participe de l'eau, de l'air, et qui aurait l'imperceptible mobilité d'un feuillage immatériel.

Qui n'a connu le délice de sentir sa peau d'un coup restaurée en ses pouvoirs par un ombrage ? Et plus fauve était le soleil, plus délectable fut la parade. Offusquée de lumière, de chaleur, la peau recommence alors de voir. Par une brusque décantation – et c'est comme un abaissement de paupières –, on quitte l'effervescence de la marée solaire pour la mesure, les sensations tamisées, mais de quelle acuité... "Je me vois, me connais, me savoure", pourrait dire celui qui passe d'une fournaise diffuse au strict embrassement de l'épiderme par l'ombre aux nuances de serpentine.

Pénétrant sous le couvert, nous ne doutons pas, à leur resserrement simultané, que la chair et l'âme aient une même peau. Rassemblées, saisies. Elles sont saisies par le clair-obscur ainsi que dans une rencontre de chaux vive et de bruine. Et c'est l'âme sans doute qui se montre le plus subjuguée ; l'âme feutrée de soif qui trouve à se désaltérer à cette pulpe tombant de l'arbre. (Celui-ci a-t-il un fruit plus précieux que son ombre ? A-t-il même d'autre fruit ?) L'âme qui ne se révèle jamais mieux à nous, à fleur de peau, que lorsqu'une ombre, précisément, vient s'étendre sur notre vie. Et c'est parfois celle d'une nef, d'une musique où la tendresse s'ouvre les veines, d'une main menant l'ellipse – l'éclipse ! – de sa caresse, ou celle du haut rempart de la rumeur de mer.

C'est hors de l'enclave que se tiennent la dissipation, le sommeil, la mort au masque d'oripeau. Ici est un lieu d'égards, de délicate vigilance envers votre vie. Ici, on vous dispense cette modalité d'être, un peu méprisée, où désir et possession s'équilibrent ; où les velléités s'éteignent dans l'accord général, dans l'acquiescement de la personne à chaque chose ; tout se résolvant dans une satiété du toucher – et qui porte l'humble nom d'*aise*.

Mais je loue l'ombre végétale comme si elle était une, quand chaque essence a la sienne, singulière et parfois décevante, ô trop perméables résineux qui ne nous offrez que filigranes d'ombre ; oliviers, bouleaux dont l'ombre trop lâche s'élime ou s'évapore sous la brise... Et ne pourrait-on dire, encore, qu'il est des jours, des heures pour l'ombre fébrile du peuplier, rustaude du marronnier, amère, astringente du noyer, et d'autres pour celle du chêne ou du hêtre ?

Feuillus qui avez assez de cohésion pour panser du velours de votre ombre une âme que blessa le soleil, pour l'abreuver d'un souvenir d'absinthe, quelle allégresse est la nôtre, et qui nous surprend comme sans cause, quand nous entrons sous le couvert, toute une nuit résiduelle amoncelée sur notre tête, un épanchement d'herbe noire à nos pieds...

A l'ombre massive, à l'ombre impondérable fourré, qu'on me laisse pourtant préférer celle de l'arbre aux confins échancrés, dont le feuillage admet quelques ajours. Ombre vivace, veinurée de vols de mouches, traversée du cahotement d'un papillon, elle sait se faire dentelle d'ombre, cendre légère du jour en migration – précipitant sur la terre pour y ensevelir un grillon spasmodique. Infiltrée d'une lumière que des lamelles de parenchyme conjurent ; démultipliée comme les limbes dont elle procède, cette ombre-là palpite et s'étire, s'écaille ou s'émiette, circule, s'enlève... (On lui accorderait une vie propre, au rebours de celle qui, par insensibles glissés, hante les murs.)

Que l'air s'émeuve, et l'on ne sait, de ces filons de fraîcheur, de ces cataractes quasi figées, ce qui est de la brise et ce qui participe de l'ombre. Laquelle ne nous signifie jamais mieux qu'alors sa parenté avec l'eau vive – du souffle d'un déversoir, aux pulsations de la source parmi l'herbe bleue dont elle a presque la consistance.

Née d'une simple interception, de quoi l'ombre d'un mur pourrait-elle témoigner ? L'ombre végétale, elle, doit à la projection au sol d'un revers de feuille ; aussi nous semble-t-il qu'un peu de la sève en suspens s'y retrouve.

Est-ce pour avoir gardé, de l'*envers*, l'humilité, la sagesse, l'infime mélancolie ? Dans le moment où elle nous désaltère (et quand nous sentons-nous plus présent à nous-même que pendant l'étanchement d'une soif ?), l'ombre végétale nous avertit qu'il y a temps pour s'exalter avec l'arbre en gloire, et temps pour les ors ternis, le détachement, la retraite. Temps pour se familiariser avec le soir et d'abord y consentir.

Ombre, double obstiné de l'arbre, qui tires sur ton attache et tournes autour comme la bête au piquet ; ombre à laquelle la nuit concède une monstrueuse étendue – ou bien le feuillage envahirait-il le ciel ? – qui mieux que toi saurait nous faire agréer l'ombre dernière ?

On parle de la fin souriante de ceux qui choisissent de mourir exsangues en leur bain. Celui qui, par un jour de cruel soleil, se réfugie dans l'ombre d'un grand arbre assailli de brise ; celui qui s'étend sous cette paupière à demi abaissée, celui-là, précisément, a ce sourire.

LE SANG

*E*ST-CE ENCORE L'ÉTÉ ? Là-haut, le ciel vide nous renvoie à la mer bleu pâle, faiblement saline, des cartes murales de nos dix ans. Et le soleil est le soleil — gueule de four de campagne ouvert entre le moment des hautes flammes et celui de la braise. Dans nos yeux, le consentement indéfini du lézard.

Mais cette lassitude du jour, alors que l'après-midi commence à peine... Dans l'espace que feutre une fumée d'herbes sèches, ce sourire lucide, comme le sillage en nous du plaisir, et comme le passage de la brise en l'acacia...

C'est encore l'été, redoublé de son reflet plus

beau que lui-même, infléchi d'une lumière moins pour le front que pour le flanc, et qui flatte mieux que la main la plus insinuante. Et le versant de prendre sa revanche sur la crête.

Il fait clair ; il fait chaud. A la fois directe et réverbérée par quelque vieux mur en marge, une chaleur encore assez pressante pour nous faire invoquer l'ombre végétale, comme un vin frais répandu.

Et la saveur aussi demeure intense : la consommation s'achève et nous en suivons en nous le sillage – ô minute où l'évanouissement progressif de la succulence nous impose plus sûrement silence que son faîte ; où le souvenir défaille en le présent....

Cependant, si la peau nous persuaderait bien que l'été se survit, l'oreille, elle, s'étonne de percevoir, si distincts, des sons venus d'au-delà les collines et leurs bois bouillonnants. Et cette limpidité, cette précision de l'espace en dépit de l'apparent frottis bleuâtre, augurent une saison décantée, taciturne, déjà tendue de survols sans défaillance.

Un arbre entre tous – n'était-ce pas un peuplier ? – s'est mis un jour à flamber ; ou plutôt il était déjà, quand nous l'avons avisé, une flamme jaune dépenaillée se détachant sur les chênes encore verts. Ainsi, dans le paysage, y eut-il un précurseur : celui qui vous annonce les temps à venir ; celui qui va être le lieu d'élection de l'événement. Et nous avons levé les yeux, en quête du faisceau de lumière qui, du ciel, devait bien descendre sur l'arbre – pour le désigner à l'attention de ce que nous avons de plus charnel ?

Cela sonne avec insistance. Non comme la trompette encore, tel qu'au plus haut de l'automne, mais en écho lointain d'un cor anglais – de l'appel d'un cor. De la basse continue des feuillages divers, une note s'élève, qui rejoint en nous on ne sait quel point fastueux et vulnérable. "Touché !" Mais quoi le fut ? Est-ce le foyer des nostalgies ? Celui des effusions ? Ou ce que regarde en nous le feu de bois, à flammes se haussant ? Et cette note n'aspire-t-elle pas à s'agréger à tel andante de Mozart (celui du 20ᵉ concerto !) qui est notre climat même à cette heure ?

Dans l'édifice des feuillages qui nous paraissaient uniformément verts, une dissociation vient de se produire ; la couleur s'est mise à vivre en soi, la part ombreuse de la feuille s'effaçant devant des mouchetures de cuivre, de violine, de safran qui retrouvent les délicatesses du printemps. Et chaque essence – des peupliers, qui rendent avec ostentation la monnaie, jusqu'aux marronniers couverts de sang séché –, décompose à sa façon le spectre de l'été. Chaque arbre proclame les vertus picturales du pointillisme.

Mais cette brusque rougeur de visage qui s'empourpre, au sein des tons froids, est-elle bien ardeur, hâte à vivre ? Ou l'arbre qui se met à saigner au flanc d'une masse de verdure ne nous révèle-t-il pas un lieu de moindre résistance dans la nature ? Quelque chose, en ce point, était désarmé ; quelque chose a cédé – ou s'est converti au redoutable bonheur… Ah, comme la douceur qui se survit sait s'emparer de notre visage, le distendre et l'évider ; comme elle fait de l'ovale d'ombre légère, le cadre où s'inscrit, où que nous tournions la tête, un paysage de pure tendresse !

Détourne-t-on les yeux quelques jours ? C'est pour retrouver un amoncellement de riches matières près de se déliter ; de hautes fontaines mousseuses où le cuivre et le cuir composent avec le froment, le henné, le tabac, la coloquinte. La transmutation s'est précipitée et n'épargne plus guère que les saules et les résineux. Il semble qu'un souffle brûlant soit passé sur les feuillages, donnant cette cuisson d'émaux ; ou plutôt que les arbres se sont consumés en secret, au long de l'été, et voici que le mal se révèle d'un coup en son ampleur, comme il advient parfois. Non, le mal est absent de cette affirmation orgueilleuse qui s'élève désormais, modulée, diversifiée, mais une. En marge d'un soleil aux épanchements nacrés, la lumière et la chaleur ont pris corps ; elles se sont amassées à portée de doigts, de joue, pour une manière de toucher bénéfique où la peau de chamois fait alliance avec les pièces de dinanderie ; la râpe du raisin jetée aux immondices avec les tapisseries anciennes et les fourrures fauves.

Soutenue par la chaleur onctueuse, la succulence est apparue. La patience, la violence de l'été trouvent leur accomplissement en ces jours silencieux, méditatifs, qui ne commencent qu'à midi, après que le soleil s'est désempêtré des brumes – et qui, plus que d'autres, s'adressent à notre goût : l'espace n'est-il pas, d'abord, tel un fruit qui donne des signes de véraison sur sa face la mieux exposée ? Puis il devient ce fruit même, dissous ; et nous sommes au sein d'un air comestible, dans une lumière qui se savoure plus encore qu'elle ne se salue, mêlé à une vaste consommation en cours.

Savions-nous bien la saveur de l'or ? Il est partout, il est debout – buissons ardents, falaises d'ocre des hauts platanes : plages que nous longions vers le soir et qui se sont redressées... Le monde expose ses trésors ainsi qu'on fait dans les basiliques, pour la fête votive. L'opulence est générale ; elle accable nos bras autant qu'un coffre de corsaire qu'on viendrait d'ouvrir une fois repêché.

Une fête commence où la musique participe à la profusion. S'agrégeant autour du solo de viole initial, puis envahissant les cellules du corps végétal, elle se distribue à présent les parties de l'orchestre. Et c'est ainsi qu'on voit, reposant dans une poche de silence, des touffes, des fourrés d'harmonies attendre le geste du chef qui leur donnerait la cohésion, la durée, la palpitation. Les trompettes sont levées, les archets tenus inclinés en l'air comme des antennes de sauterelle ; l'élasticité s'immisce dans les instruments de percussion... Détachés, par l'attente de l'oreille, de l'abrupt sonore que retient encore l'inspiration de l'orchestre, les premiers accords d'*Ainsi parlait Zarathoustra* nous parviennent distinctement.

Mais qu'on se rende en forêt, parmi les édifices de plumetis roux, dorés, où vous attend un climat héroïque, et l'on pénètre dans l'épaisseur même d'une musique dont les couleurs, le développement miment l'affairement ordonné, la respiration ascendante et l'exultation sereine de Bach. Cependant que dans les grands parcs se donne en sourdine l'un de ces concerts où une mandoline vous dépenaille la chair. Et l'air, autour, est sec à souhait, limpide, à peine feutré par la silencieuse assistance – et le ciel est vide.

De fait, plus encore qu'en forêt, c'est bien dans un parc où se pressent en nuées d'orage de hautes masses d'arbres scandées de sinueuses échappées, de pièces d'eau envasées de reflets confus, qu'il faut aller à la rencontre de l'automne. Et le beau nom foisonnant, à peine altier, de *frondaisons* quand, de surcroît, elles s'ennoblissent du luxe de l'heure... Entre l'imaginaire et le tangible, sous un dôme qui est peut-être la simple voûte de notre palais, toute la grâce du monde et tous ses fastes s'assemblent ici. Et que l'irréel y a donc de puissance !

Si Watteau associe l'automne à ses fêtes ga-
lantes, c'est pour sceller l'intime accord entre une
certaine qualité de l'air, l'épaisseur d'une lumière
presque rauque d'opulence, et l'ardeur de cou-
ples que la nostalgie éperonne à se sentir mena-
cés par le temps. Les créatures du peintre ne s'y
trompent pas, assises au pied des arbres ou qui
s'éloignent par deux vers leur chute – mains vi-
goureuses tendues, ouvertes vers une taille de
femme, mains délicates qui repoussent et, en
secret, renoncent ; frémissement de la lumière,
des étoffes, frémissement comme une fièvre
superficielle... Et tout le corps regarde, écoute
l'épiderme.

Alors, puisque la nuit qui imprègne les feuillages est prête à les effacer, à les ensevelir ; puisque
la fête est encerclée, condamnée, il ne reste plus
que de jouir. Et le mot bref, presque strident,
que celui-ci, avec le dard qu'il contient, le dard
dans ce qui est moelleux présent ; mais le violent
désespoir encore qu'on y décèlerait... Le vrai est
que l'homme, depuis sa naissance, ne vit d'autre

saison qu'un automne. Cette belle nuque dégagée est offerte au couperet du temps. A froisse-
ments de feuille morte touchant le sol, la mort
déjà rejoint ce couple qui, à pas lents, s'en va
dans le murmure allègre de la soie.

Une fête commence, que l'on pressent grave,
austère, ainsi qu'il sied à la gloire véritable ;
mais diaphane aussi et comme à distance toujours. Dans les nocturnes caravagesques, les
visages au moins ont part au foyer. Mais cette
flamme-ci, à claire-voie, est froide autant que
la musique est silencieuse. C'est là une fête
pour le seul regard. Inaccessible, au reste : jamais l'arbre n'échappa à nos prises comme depuis qu'il est déversement suspendu d'un sac
de louis, présentoir à bijoux anciens, essor d'un
fabuleux placer... Nous ne savions pas qu'il y
eût tant d'or en l'azur, ni que le ciel fût si noble. Pourtant, cette profusion nous alerte, nous
qui avons appris qu'il n'est pas sain de mettre
en circulation tant de richesses, de même qu'il

est de trop belles couleurs pour être celles de la santé.

Ce trésor intense à l'égal d'un masque de Tout-Ankh-amon est friable, sans plus de cohésion que du sable sec. La dilapidation le guette. Aussi, l'excessive beauté de l'heure nous rend-elle circonspect. Nous avons vu, sur les grèves, les longues coulées d'or au couchant et nous en connaissons le sort. Et puis ce monde que ses délices rendent gourd (sur nos lèvres, le miel qui gît dans l'ombre du plaisir...), ce monde rayonne la lucidité – à lointaines criailleries de corbeaux.

Se laisser vivre, se laisser mourir prennent ici un même sens ; procèdent d'une même démission heureuse, d'une semblable satiété. Est-ce que le tintement des ramures, la chute paisible d'une feuille nous atteignent vraiment ?

Il n'empêche qu'un cygne chante en cet espace ; qu'il consume ses dernières forces en des harmonies qui mêlent le gris cendré au rutilant ; et que ces éclaboussures de sang nous renvoient à des blessures secrètement choyées, liées qu'elles sont à tels instants où nous fûmes, nous aussi, ardents à vivre – à en saigner.

Mises à nu, exposées pêle-mêle avec les plaies de l'été, voici donc nos grandes soifs jamais refermées, nos ferveurs inassouvies, les détresses d'une heure et celles qui ont lacéré durablement notre vie – ô chevelure châtaine qui ressuscite un visage que nous pensions évanoui, corrodé par le sel des larmes...

Dans une ultime exaltation, l'or se montre à nous – pour nous désespérer ? –, qui était derrière tout ce qui nous séduisit : l'ambre gris, le vent d'autan, la mangue et le miel, le firmament de mai, l'ombre verte d'une vague saluant des épaules, des hanches qui vont de conserve, des jambes qui ensemencent un espace incisé par les seins...

L'or se montre ? Mais que le guéret, que la rouille en sont proches pour les yeux... On n'en peut plus douter : la revanche s'apprête, de la Terre, de ses oxydes, de ce à quoi il faut concéder le dernier mot.

Un matin, une clarté tombée d'un ciel d'ouate ternit la forêt. Le tissu végétal de partout se déchire et ce ne sont qu'effractions de feuille morte, de branche sèche qui traverse le feuillage en rebondissant sur des rameaux. Ce bruit de récolte !... Quelqu'un gaule des arbres ; quelqu'un là-haut se distrait à jeter des coques... Dans cet univers qui s'élevait en prenant appui sur mille lamelles d'air palpitantes, la pesanteur l'emporte, l'obliquité se dissémine. Le renoncement se fait jour, de qui n'en pouvait plus de *s'accrocher*.

Autour de nous, une fébrilité insolite dit la force et l'ampleur du pressentiment. Quelque chose s'émeut, se mobilise contre l'éventuel danger, opposant le vague à l'indéfini, le vétilleux à l'innombrable. Aux longs tressaillements, à des mouvements de foule curieuse puis inquiète qui se disperse ou se concerte, on ne sait trop, succède un silence d'expectative où l'on entend, à bout de doigts, une eau lente reprendre son fil – jusqu'à ce qu'un nouvel engorgement bouleverse les graviers du lit suspendu. On dirait une averse en marche, – les claquements d'ongles d'une averse lente et appliquée. On dirait une tourmente enflée d'expirations forcées, parcourue d'effarements et de gestes de refus, à l'image de ce qui, assailli de toute part, se défendrait en vain, avec minutie, et chercherait secours dans une danse à mesure défaite par le désarroi.

Le vent !... Passés les frissons avant-coureurs, le feuillage est devenu cette masse élastique de rumeur dont les confins rejoignent le rivage aminci de la marée basse. Et si c'est là une figure de la tourmente, qui n'y verrait encore l'image d'un soudain excès de vivre ? Celui d'une rousse jetant ses toisons en pâture au plaisir – et comme sa nudité miroite, dans le désordre des ramures...

Le vent et, comme une incongruité, la chute des feuilles. L'arbre lâche des bribes de flamme ; l'arbre se débarrasse d'ornements désormais privés de sens puisque la fête est finie. En un point de l'espace auquel nous n'avions pas pris garde, une poignée de feuilles éclate, une poignée d'oiseaux-mouches réduits à leurs ailes éployées – dont nous ne retenons que leur affairement, et cette hâte à se fuir qui laisse en nous la trace d'une dispersion étoilée.

Telle feuille sombre avec la rigidité de chute d'une noix ; telle tangue, désorientée, ou bien procède par petits vols planés interrompus de brèves précipitations ; telle encore a des grâces de papillon.... Le plus souvent, c'est une course de biais, cahotante, éperdue ; mais parfois la chute ne va pas sans hésitations ou scrupules : la feuille doit contourner des obstacles invisibles accumulés à plaisir sur son trajet ; partagée entre l'attirance de la terre et sa répulsion à choir, elle mène un jeu d'esquive qui suscite, sous le couvert, des velléités de sourdes moires.

Qu'elles tombent à corps perdu ou se faufilent vers la terre, comme la fin de leur course nous semble rapide ; comme le sol – nous en avons un sentiment d'inconvenance – âprement les happe... Convulsées, rissolées, ou à peine marquées de brun, telle une touche de fard aux pommettes, qu'on les sent donc rejoindre et nourrir l'oubli quand elles atteignent une assise, un socle qui ne sont que silence et stabilité.

Ah, regardons l'arbre quand, dans les cours d'école, les enfants tendent à leur maîtresse les dépouilles en éventail du marronnier... Regardons-le pour cette lueur en lambeaux qui nous parle si haut, si différemment, ainsi que font l'orgueil et la détresse. Et c'est nous qui, à cette heure, aurions grand besoin d'assistance ; car Lui, indifférent à cette pluie très lâche, divergente, échange avec... détachement, limbe à limbe, le tissu végétal pour un surcroît de ciel, un feston de nuage.

S'en allège-t-il ? Plus dur de sa limpidité (et nous découvrons combien il puisa de fer dans le sol), il paraît peser davantage encore et plus délibérément s'enfoncer dans cette Terre-Mère que nous masquent, dont nous distraient plutôt des liasses d'assignats.

II

Sur les quatre éléments

LE PIN OU L'AIR

I

Où, MIEUX QUE dans le pin maritime, voit-on se manifester l'essence de tout arbre : capter puis conduire vers le ciel des forces souterraines et, parvenu au plus haut, y délier leur faisceau corseté ?

Axe de la réalisation, le tronc du pin est, à celui du chêne, ce qu'est la danseuse au laboureur. A moins que le proche vent de mer ne l'oblige à des contorsions, il jaillit avec la sveltesse d'un puissant jet d'eau.

Les autres arbres multiplient les branches maîtresses pour prendre appui sur l'espace, se donner d'invisibles étais, équilibrer on ne sait quelles charges ou poussées. Le pin dédaigne ces prudences pour être un élan sans repentir, et telle est la pureté térébrante de sa trajectoire, qu'elle abolit à nos yeux la rugosité d'une écorce ravinée de haut en bas, cuirassée de grossières écailles à structure de schiste ; qu'elle fait oublier que le sombre fût s'éclaire à peine d'efflorescences de lichen ou d'un reflet de bruyère.

Rien ici des enfourchures du hêtre, si féminines. Comme s'il se rêvait mât de navire, le pin ne s'autorise en sa croissance ni l'hésitation ni la complaisance. S'élever est son seul dessein et il s'y applique avec rigueur.

Pas plus qu'il ne divise ses forces, il ne conçoit l'ascension sans un dépouillement simultané : ce que voit celui qui lève les yeux, son visage appuyé à l'écorce, c'est la fuite en raccourci d'un tronc si longuement élagué qu'il décourage l'escalade. Puis, autour du moyeu, en couronne rompue, bousculée, des moignons de branches écorcées, comme des restes blanchis d'échafaudage, ou des lances qui se brisèrent en se fichant dans le bois.

Et devant cette colonne de jours consumés, aux teintes de crépuscule, on admire qu'il suffise d'ouvrir en l'écorce une meurtrière ogivale pour que sourdent sur des pâleurs de fiente d'oiseau en traînées indécises, des gouttelettes d'un or qui ne saurait être que celui du temps ; mais un temps dégagé du futile, du séduisant, puis astreint avec une constance, une rectitude dont ce tronc témoigne – lequel paraît se maintenir debout bien que tout ébranché par des boulets.

C'est presque avec surprise que l'œil enfin rencontre une brassée très lâche d'aigrettes et de floches. Alors seulement le sévère, le sombre tronc prend sa justification : il est la tige du bouquet – de feu d'artifice ! – que l'arbre tire de la terre.

Avec la lumière et le temps, les feuillus élaborent un trésor de limbes luisants, des ombres consistantes, et pour certains – ô marronniers, ô châtaigniers – des Fujiyama de fleurs. Mais après tant de dénuement et un feuillage si longtemps différé, un riche parenchyme eût été incongru. De fait, l'austérité, la contention du tronc s'étendent aux rameaux qui se hérissent de pinceaux d'aiguilles ; aux fruits mêmes, cônes d'écailles opiniâtres quadrillés comme des grenades offensives.

Quand nombre d'arbres rassemblent et disposent le regard, le pin le disperse et le brouille par ce qu'il y a d'hirsute et de bâclé en sa ramure. Tendant de bout en bout à l'épure, il nous offre moins un feuillage qu'un enchevêtrement d'imposants astérisques. On a jeté, sur un grossier bâti de bois, des carrelets et des tramails – en cuivre oxydé – et les filets se sont de toute part distendus et défaits.

On croirait l'arbre mal nourri, contraint qu'il serait de tirer d'un sol ingrat ce tissu dépenaillé qu'il hisse dans les airs ; ce tissu ligneux si accordé à la silice... nourricière. Il semble, au reste, moins souffreteux que calciné par le passage d'un brasier qui l'aurait délaissé une fois brûlés les branches et le feuillage jusqu'aux approches de la cime ; donnant ainsi au fût ces teintes cendreuses ou noires que rehausse le contre-jour.

Parce que son feuillage sans cohésion n'offre aucune résistance à la lumière, il n'est personne pour demander, par un jour torride, la fraîcheur à son ombre diaphane, effrangée à l'image des touffes de carech qu'il dissémine dans les airs.

Enfin, si durant trois saisons les feuillus nous dérobent l'espèce de stupeur que le bois d'un arbre rayonne, rien ici ne la dissimule ; du tronc à l'aiguille extrême, elle affleure, elle est à nu ; elle ternit jusqu'aux ramilles de ciel...

C'est dire qu'ainsi figé entre l'automne et l'hiver, à l'avant-dernier stade du renoncement, le pin ne saurait plaire aux amateurs de pastorales ni aux perpétuels impatients d'éclosions et de véraisons ; mais que le peintre ami des ciels lunaires, d'espaces où se diluent l'hyacinthe et l'améthyste ; que l'être épris de pérennité, d'austérité, gagnent la forêt de pins, et ils la trouveront peuplée de leur âme.

Une basilique voûtée d'un fin treillis, où se presseraient des colonnades au parallélisme heurté – à perte de vue la halte debout, parmi la fougère et l'ajonc –, dans une clarté de vieux bronze et de ciel nacré, telle nous apparaît la forêt de pins maritimes.

Qu'il se faufile dans l'averse droite et drue des troncs – ce déploiement de la scansion ! –, celui qui est en quête de paysages intérieurs ; qu'il s'assoie sur le sol gris hachuré d'aiguilles sèches géminées et qu'il lève la tête. Où verrait-il un ciel plus minutieusement ouvragé quand bien même les arbres seraient immobiles ? Puis qu'il attende : la brise qui ne se sait jamais plus proche de l'eau filtrée qu'en ce lieu, la brise ici ne laisse jamais longtemps seul le contemplateur.

Commencent alors, sur un ciel tissé – ou ratissé, une lente oscillation du feuillage et comme la palpitation d'un lacis d'herbes en un creux verdi de bassin. Circulant d'arbre en arbre, la brise désigne les cimes, les désassemble à peine, avive le bleu des nids, imprime aux troncs un balancement qui gagne notre verticale interne, et nous donne l'instabilité du terrien mettant le pied sur un navire.

Là-haut, le pin passe de la soumission au fil de l'air à un ressaisissement qui le propulse en sens opposé ; il a les mouvements de la barque qui, dans les limites permises par l'amarre, cède au flot et se reprend. Il amorce un tournoiement de mouettes aux prises avec la tempête ; concède une salutation (la brise rend les arbres pleins de mutuelle révérence) ; esquisse un glissé et plus que tout, il effleure, il flatte le ciel avec une délicatesse innombrable qui fait paraître grossiers les attouchements des feuillages profus.

Parce que la brise, ici, rencontre moins des obstacles que des interstices, aucun émoi, aucun désordre ne signent son passage. Pas de feuilles révulsées : rien qu'une hésitation visible, une grave pesée du pour et du contre. De sensibles antennes, dérangées, recherchent la cause du trouble ; la haute aiguille d'une balance de précision se remet en quête de son point d'équilibre... Et tout se résout en un battement de cils, en un vague échange de doigts effilés.

Qu'un vent léger relaie la brise, et la roue éolienne et son support se balancent avec cohérence et dignité. Aucune manifestation d'effroi : l'arbre s'émeut mais comme au sein du sommeil. Il cède un peu sous la poussée mais divise le souffle, le retient dans ses rêts, en tire la lumière qui lui permet de luire davantage ; il devient tissu sonore – de soie doublée de bure à en juger par les sombres moires de la rumeur, en marge.

Proches, deux arbres feuillus dans le vent engagent un colloque mais bavard, immergé dans un brouhaha de lèvres molles. Ici, à la faveur de rapprochements ébauchés, la confidence est seule de mise. Le mot *susurrer* conviendrait à cet échange de frémissement contenus, s'il comportait la nuance grave, quasi solennelle qu'appelle un tel commerce, pudique, tout de suite converti en accord, comme il sied à des êtres qui, épurés, ont pris leurs distances avec la terre.

L'intervalle ainsi ménagé ferait, de la forêt de pins, un continent de sombre verdure sur pilotis si l'œil, tout occupé de l'étrange lumière latérale, ne percevait bientôt plus que des amas flottants. C'est alors que dans le silence égratigné d'une chute de pigne, nous nous avisons d'une présence à l'ouest qui paraît procéder (où serait-ce l'inverse ?) de cette échappée de ciel entre sol et feuillage, assez semblable à la clarté de l'aube s'épanchant sous la nuit.

Une présence. Indéfinissable. L'œuf unique d'une couvée d'orage, gros de menaces indistinctes ? Ou bien, sonore, immatériel, un galet ardoisé que l'érosion a la charge d'amincir...? Une lourde panse, encore, close sur un chantonnement d'homme qui s'affaire avec bonheur ?

Ainsi, toute forêt de pins maritimes a-t-elle, vers l'ouest, un sous-bois touffu où l'on pénétrerait avec, aux lèvres, l'amertume du laurier. Et les arbres peuvent bien, unanimes, tendre vers le zénith ; ils ne sauraient faire que le lieu de plus grande intensité de sève ne se tienne *là-bas,* et ne soit comme l'assise même de l'espace, et son origine, et sa culmination.

A *cela* qui toujours semble se renfler, gagner de proche en proche, il serait vain d'assigner des bornes. Est-ce par le jeu d'affinités ? Le feuillage – aciculaire, dit le botaniste – prend en charge ce qui rôdait là, le tamise, le décante, en fait une lentille d'espace qu'on polirait à l'espace lui-même ; et c'est ainsi qu'une courbe se développe en altitude, un rivage d'un silicieux pollen, à la pente insensible, où s'achèverait l'errance de tous les gris de la création – et le mot silice, le mot passage s'entendent par les airs.

Soulevé, propagé de cime en cime, l'océan est tout entier, étale, en chaque arbre ; il se résout en un soupir soutenu que la nostalgie épand, décentre... (Si sévère, ingrat soit le pin, qu'on en assemble cent et mille, et la nostalgie s'en élève à peine le souffle du large presse-t-il la pulpe de la forêt.)

Ah, comme il sait circonvenir notre âme, ce lumineux soupir, et lui laisser entendre qu'une autre âme, semblable à la nôtre, assaille celle-ci pour l'investir et l'absorber...

Parfois, le soupir défaille, laissant percer une stridulation de cigale basse ; puis il revient avec une insistance, une ferveur irrésistibles, pour atteindre notre part la plus libre, la plus tentée par l'Ailleurs ; pour lui proposer le seul sillage qui saurait lui faire escorte, le seul qui romprait avec nos errances et dérives passées que sa lueur cruellement éclaire.

Si tout homme mûr devrait bien faire, de la forêt de pins, sa fréquentation ordinaire, où il trouverait leçons de rectitude et grands élans, stoïcisme et vaste plainte infime, le poète s'y éprouvera un prince humilié, lui qui s'efforcera en vain de saisir comment des luths... constellés tirent, d'une mer proche et d'un vent pur, la musique la plus ample et gracile, égale et mouvante, éteinte et captieuse, qu'un être humain ait entendue.

II

*E*NGAGÉ DANS UN CHEMIN forestier, j'allais, entre les buissons de houx et d'ajoncs, sur un sol sableux d'un blanc d'ossements. Par-delà les haies limitrophes, la forêt compacte se devinait dans le jaillissement des troncs d'un mauve embu, sur lequel tranchait l'ocre orangé de chênes-lièges depuis peu démasclés. Puis, à la faveur d'un cirque de dunes déboisées, elle se révéla dans son abrupt, telle que, devant la mer, la tranche d'un plateau calcaire.

Je m'avançai dans une convergence de regards étonnés. Comment douter que la nature ait ses aires de recueillement, ses chapelles ? Il ne fallait que faire taire en soi toute pensée parasite, se laisser imprégner par l'esprit du lieu, se mettre à l'écoute. Quelque chose, un office, n'était-il pas en cours ?... Au centre de cette clairière, il fallait se faire arbre et se tenir, à leur image, debout, assujetti au sol, imperceptiblement oscillant.

C'était l'été. A une lieue de cette place, la mer brasillait, la plage était peuplée de fourmis multicolores étrangement au repos. Le jour baissait. La hauteur du soleil le disait, et plus encore la qualité de la lumière sur les carres dévalées par un grènetis de gemme ; sur les écorces aux écailles de saurien que revêtait une poudre suave – rose ancien, gris beige, violine et brique – dont le regard s'enchantait comme d'une fleur disparue sous son émanation colorée.

A l'assistance en cercle des troncs, répondait, soutenue par ceux-ci, une couronne de feuillage sans consistance, troué, comme en charpie, simple juxtaposition de touffes imbibées d'un ciel qui scellait le tout de son dôme. A moins qu'on y vît, suspendus, une autre clairière, un vivier où d'infimes cristaux de quartz et parfois un nuage se régénéraient dans une eau de source.

Là où je me tenais, la brise sollicitait par accès les arbustes, tentait d'entraîner les fougères par leurs mains étendues, poussait devant elle la troupe des longues graminées. A moi, elle n'était guère qu'une eau lente, incertaine, sans vraie force, qui m'abandonnait comme elle était venue, me donnant la sensation de me trouver hors d'atteinte, à l'abri d'un haut rempart. Un pic tambourinait autour d'un tronc ; un grillon méticuleux s'essayait en sourdine parmi les herbes et cela faisait un éraillement terne et tendre, du gris même du chemin. Si gris, si ténu que le chant s'arrêtait bientôt comme chez celui qui ne parvient pas à se laisser aller à l'allégresse.

Mais au-dessus de moi – et bien que cela se passât à la hauteur des feuillages, on était tenté de dire : "Mais en altitude… !", tant le ciel semblait engagé dans l'action –, au-dessus de moi s'épanchait une musique si fervente en sa retenue, si grave et sévère aussi, que le mot de plainte s'imposait. Celle d'une âme souffrante qu'on devinait néanmoins tentée par le stoïcisme – et l'expiration s'achevait alors dans la ténuité ; le souffle se retirait en marge, plus proche des terres, quasi errant ; cependant que sous la lumière très oblique qui en émanait, de lointains horizons se dégageaient de l'ombre.

Puis ces soupirs bientôt s'enflaient comme si l'espace eût chargé. A la rêverie active qui faisait à la clairière une ceinture basse, une écharpe d'eau courante analogue à une boucle de rivière avec ses arbres attenants, l'invasion succédait. Fibre à fibre, dans une poussée invincible, le vent prenait possession du moindre interstice végétal. Le chuintement qui s'élevait de cet envahissement minutieux relevait de la monodie ; il apparaissait surtout comme une puissante exhalaison du *gris*.

Chaleureux, au reste, humecté de bleu, un gris qu'on venait de libérer colonisait l'espace et n'épargnait pas davantage la durée ; à preuve, la submersion du présent par l'antérieur et peut-être l'immémorial. Le gris du sol sablonneux, celui des troncs, essaimaient ainsi par les airs, emportés, épandus en nappes égales qui se résorbaient les unes dans les autres – et il n'était pas jusqu'à l'image des pins qui ne se fondît dans ce qui avait la forme et la consistance d'une nuée ombrée.

L'exhalaison, l'exaltation. Succédant au feu dormant des confins, un soudain embrasement du front de feuillage ; un soulèvement de foule passionnée ; une clameur de voix sans timbre, réduites à la trame, jaillies des lèvres pincées ou fusant à même gorges et poitrines.

Le Souffle, assurément, où il entrait puissance et gloire, et humilité. Quelque chose qui était *un*, sans faille ou distorsion. Né de la pression, de la contrainte, mais dont l'essor avait une sorte de calme magnificence. Et que de ce lieu, marqué par le style ogival, s'élevât une manière de plain-chant, ne laissait pas de surprendre.

Un soulèvement unanime, oui, – et c'était dire : "Marée montante". Le flux accostait ici, que le feuillage recevait de plein fouet. Et par ce heurt, la mer libérait son essence : sa rumeur comme une rondeur diffuse, à l'œuvre ; sa force massive ; sa flamme droite, indivisible, dans un gris bleu de feuille de mimosa...

Toute la mélancolie des mers, au soir, sur les rivages (mais n'est-ce pas toujours le *soir*, avec la mer ?) envahissait d'un coup l'espace. Filtrée, mais son intensité intacte, la rumeur épandait son amertume, l'insufflait à la masse végétale ébranlée, déconcertée ; suscitant en moi la reviviscence de fastes évanouis qui peut-être n'avaient pas même été : un jardin aux grands arbres paisibles dans la nuit commençante ; un pas double accordé qui, par l'allée crissante, se dirige vers le havre de saveur ; un accent du *Carnaval* de Schumann pour blesser à jamais ce couple.

A présent, je me tenais dans la mouvance de la mer – stérile comme ses graviers qu'on brassait là haut ; et c'était bien son souffle hostile mais aussi, en filigrane, la désolation ténue, sans borne, qui la couronne. Ici, comme sur le rivage, l'ineffable tentait désespérément d'atteindre à la formulation. Ce qui se traduisait par des bousculades, des mainmises impérieuses où se lisaient la ferveur et le dépit, la tendresse et la hargne.

C'était l'été mais cette litanie monocorde, désenchantée appartenait à l'automne. En elle, passaient les troupes d'oiseaux migrateurs, les nuées basses d'équinoxe, les feuilles mortes éperdues, et le bref enracinement de la rafale dans la cheminée de campagne. C'était l'été, et la rumeur, couleur de la chair d'un fruit mûr heurté, parlait de choses révolues, jadis aimées par des yeux aujourd'hui pleins de terre ou de sable. Elle parlait de l'écrivain qui tant de fois célébra les pins de sa province, puis s'en fut rejoindre ses morts. Elle effaçait ou décimait le présent ; elle était, touchant l'avenir, rigoureusement inhabitable ; et je mesurais la vanité qu'il y aurait eu à vouloir s'y établir.

Pourtant, quelle musique à cet instant l'eût emporté sur celle-là, tendue et néanmoins errante sur ses franges, toute en demi-teintes – ses *forte* n'étant que la juxtaposition de *pianissimi* dont chacun demeurait distinct ? A la fois mate, sévère et sourdement rayonnante, elle apportait

d'emblée à l'oreille, à la peau, à l'âme une plénitude sensorielle qui excluait toute autre impres-
sion. Elle arrivait et comblait cette part de nous
que meurtrit précisément la mer.

Un passage ; une fuite. C'était à cela que j'as-
sistais. Ce qui s'échappait d'entre les aiguilles
des pins eût traversé les mailles les plus serrées,
ainsi que l'eau a raison de nos doigts joints. Et
il me parut que se dissipait là-haut la fumée de
tout ce que nous étreignons si fort ici-bas. C'était
l'été ; le ciel bleu taillait en pièces la forêt. Là-
bas, des membres par milliers s'abandonnaient
au soleil, à la rumeur, brèves rivières tôt perdues
dans le sable et qui laissaient le corps tari. Ils ne
savaient visiblement pas, ceux-là, que c'était déjà
l'automne ; que c'est depuis toujours l'automne.
Tant de sable autour d'eux – tant de ruines –,
voilà qui aurait dû les alerter ; mais il y avait le
tumulte heureux du vent mouillé, de l'écume,
du gravier rebroussé ; il y avait le silence et quasi
l'absence du sang liquoreux, ralenti. Et tout ce
sommeil alentour...

Cette longue chevelure encore, battant sur votre dos, ces jeunes seins de l'année, de l'été, comment se douter que pour eux, aussi ?... Comment discerner l'automne, quand la vie vient de commencer avec ce baiser qui a jeté deux êtres au fond d'un même puits noir qui traverse leurs têtes soudées ? Ni les paroles feuilles mortes qui tombent des bouches, ici et là, ni même la lumière de six heures de l'après-midi quand un immense peuplier d'octobre se défait dans l'espace, ne les avertissent qu'ils se tiennent dans le passé, avec des façons de nobles qui ne se sauraient pas ruinés. Et moi-même, si vigilant que je sois, et que l'excessive beauté de l'heure met sur mes gardes, ne m'arrive-t-il pas de me laisser surprendre, d'ajouter foi à l'azur péremptoire ?...

Ici, en revanche, qui pouvait s'y tromper ? La rumeur parlait de choses se défaisant d'un coup, de monceaux d'or dilapidés, d'une couronne qu'on malmène ; et l'espace, déconcerté, vacillait, et la lumière pliait sous l'invasion du gris de plomb, d'acier, du gris ardoise, du vieil argent. Le souffle *droit* sans fin relayé devenait une flambée de gris inépuisables ; une sorte de bûcher dont les flammes n'eussent été présentes que par leur ombre, tant on se trouvait déjà dans le consumé.

L'âme avait seule, ici, droit de cité, qui se souvenait, pour en trébucher, d'une voix de femme ouvrant un champ de modulations à même l'ambre des derniers lieder de Strauss – et ce ruissellement de détresse dans l'*Im Abendrot* ultime... Non, nulle place pour la chair, sinon comme objet de nostalgie : où, les peaux brunes, brûlantes, et le mûrissement du désir dans les replis délicats d'une pulpe enserrée ? Où, la royauté débonnaire que nous donnait le ciel des vacances ? L'éternité qui montait de la plage ? La rumeur opulente des vagues était maintenant une rumeur de famine. Le tumulte de la marée – le tumulte de la vie –, n'était plus que cette musique à timbre, à saveur de meulière éraflée par le vent. Pas même une musique : une seule note issue de lèvres minces, froides, et qui s'enfle, s'exalte, s'émeut immensément. Une musique en négatif pour accompagner des images brouillées, vidées de leur substance, qui s'enfuyaient, sans forces... Qu'il y eût en elle des accents de tendresse – ou bien était-ce l'émergence du gris perle ? – soulignait davantage la sentence d'exil qu'elle prononçait. Exil... Le mot bref était en filigrane ; il ne cessait d'émerger d'un ressassement d'assonances, congé donné à tout ce qui vous fait si fort étreindre la vie. Et l'arrachement aussi était distinct, venu de très bas et qui n'épargnait rien.

Immobile au milieu d'une évidence qu'on eût dit convergente, je me voyais dépouillé de mes prérogatives de vivant. Ce que j'aimais, ce que je croyais posséder se trouvait converti en limaille d'air. On disposait de moi, là-haut, avec des hochements entendus. Etait-ce bien l'été ? Sous un ciel couleur d'étain, la rumeur dépouillant les arbres les réduisait à leur bois. Un oiseau interrogeait, sans espérer de réponse. Et l'âme, que devenait l'âme ? Se maintenait-elle, grâce au corps, au flanc de la terre, ou n'avait-elle pas été plutôt emportée au fil de ce haut vent acerbe, mêlée au charroi d'âmes tout droit venu de la mer ? Du moins le corps ne s'était-il pas laissé gagner par la migration : il avait la fixité, l'insensibilité de celui à qui on découvre une vérité essentielle. On eût dit, même, qu'il venait de s'éteindre d'une révélation qui lui aurait été faite ; et j'invoquais ces châtaignes à la peau luisante, qui vous surprennent par leur légèreté quand on les ramasse et dont l'écorce, à la presser, cède sous vos doigts.

Seule demeurait vivace la longue flamme couchée où les cimes s'ensablaient. En deçà, la clairière paraissait abandonnée au silence et je pouvais donc entendre... Quoi ? Un infime, un oblique effleurement de l'air ? Si proche de la nature du souvenir, l'affaissement d'une brise ?

La lumière chaleureuse avait beau le conjurer, le masquer : jamais comme en ce lieu je ne sentis aussi distinctement s'élaborer la cendre et se poursuivre son patient travail d'ensevelissement.

LE PEUPLIER OU L'EAU

Le PEUPLIER d'Italie tranche, d'une exclamation, un pli de terrain ; il jalonne une route, car il a vocation à s'aligner comme d'autres à tenir un colloque ; mais c'est sur une berge qu'il nous donne le plus volontiers rendez-vous, son ébauche à son pied, faite d'une onde très antique, infusée d'ombre, qui prendrait le courant en écharpe.

Qu'il domine les eaux froissées d'avoir franchi une retenue – là où se voient simultanément la coulée du pur-sang sautant la haie, la retombée en ciseaux de la danseuse, le dévers d'une chevelure –, ou qu'il se tienne au bord du flot laqué, en deçà de la fracture, le peuplier étourdit notre regard de clignements d'yeux, de palpitations de tempes, d'innombrables et minuscules volte-face.

Par ce miroitement en miettes, il donne plus que tout arbre l'image de l'essaim dissocié par des pulsions adverses ; du monceau de grains encore – et quelle main plonge en cette semence, la soupèse et la fait ruisseler ? quelle, procède à d'aussi massives semailles ?

L'air nous semblait pourtant immobile... Mais que la brise s'affirme, et des milliers de lèvres passent d'un babil distrait à un murmure avide, éperdu. Dans une profusion de mots indistincts, elles transmettent le frémissement avant-coureur des paniques. L'arbre est soudain peuplé ; il grouille de mains d'enfants qui applaudissent à bas bruit ; il tinte, cliquette ; il affriole la brise et la rend frivolante, affûtée de pépiements.

Nous croyons voir l'inspiration se saisir des cellules nerveuses, l'évidence envahir un visage que l'embarras ternissait – et l'arbre se muer en plus vrai que soi : une roussette toute branchies, dressée sur sa queue ; un lac écailleux où s'élèverait, de leur aile unique, une foule d'oiseaux...

Familier d'une eau souterraine ou à veines ouvertes mais toujours pesante et obséquieuse, le peuplier la brandit en averse dépenaillée. Il est le cœur même d'une giboulée, de sa lumière striée, rompue et rayonnante. Il est un geyser jaillissant qu'un fleuve traverserait de son lustre. En chaque feuille, chaque interstice, le flot ascendant croise le courant transversal, et cela fait autant de points qui passent du clair à l'obscur, du minéral au liquide, dans un étincellement de gypse.

L'arbre dénude, évente un fleuve ; il le retient un instant dans ses filets avec ses ablettes. Spectre, il le décompose en ses ruisseaux originels auxquels il redonne leur vie primitive et jusqu'à la vigueur de leurs torsions... Mais l'œil n'est pas moins tenté de voir un souffle s'engouffrer dans le feuillage et là, y prendre consistance ; y bousculer les graviers blancs du lit ; y acquérir et la sagacité et la virulence. Le vif, le vif afflue avec une froide allégresse... Une eau captive et libre, une et multiple nous offre l'image de ce qui passe et ne passe pas ; de la permanence d'un instant dilapidé ; d'une nuée d'instants qui se débattent tels des poissons pris par les ouïes.

Cette fraîcheur aux yeux, cette haleine serrée de source nous persuaderaient qu'ici est le commencement : la nouveauté y brille de toutes parts, le naissain y surabonde. Et l'estuaire est bien au-delà ; l'estuaire sans arbre – ou que la forêt marine envahit.

Mais le fleuve sublimé doit seul nous retenir : le peuplier n'est qu'un relais, et ce que nous prenons pour un furieux divertissement auquel il s'adonnerait, c'est le pressant passage de l'ombre au travers d'une lumière partagée entre la désagrégation et la reviviscence.

Au peuplier d'Italie, nous devons la griserie de nous trouver dans le cours d'une épellation éperdue – et rien ici du langage massif de la mer, mais un balbutiement minuscule, mais la vibration mate, mouillée de lamelles de silice. (Merles, merles, vous entrelacez ce fil limpide de vos torsades d'anthracite...)

Dans le cours, encore, d'une caresse insistante qui s'effrite en ce sable brillant dont elle était faite. Visible, amplifié, le frissonnement d'aise de la peau sous une main qui lui dispense le discernement, – la connaissance par l'interstice !

Ainsi sommes-nous mieux en mesure d'appréhender l'écoulement du temps dans sa cohésion et sa discontinuité. Et c'est là un temps jeune encore, à la belle encolure. (Le peuplier ou l'adolescence !) La trajectoire est tendue ; l'infinité des possibles palpite sous nos yeux dans une lumière acérée qui se lapide elle-même. (En serions-nous toujours à l'âge de la pierre éclatée ?)

Des arbres nous inclinent à l'austérité, au recueillement, à la ténacité. Ouvert aux influences, prompt à s'exalter, le peuplier proclame la hâte de vivre. (L'enfant prodigue est là, qui jette à poignées des billets.) Tous les feux de l'instant – éclats de miroir, nuage d'éphémères, moires d'avoines vertes – se pressent au flanc de l'arbre, s'allument et meurent dans le même intervalle noir. Et la grande obscurité qui en naît, où l'on croit voir une âme ondoyante transgresser les limites charnelles et regarder vers le dehors, éblouie et néanmoins tout ombreuse encore... Une âme qui ne saurait être que féminine, eu égard à tant de grâce.

Peuplier... Une fille à grande eau lavée, une fille nue sur le ciel se tient en filigrane de tes feuilles. A profusion, une fille qui se baigne et s'évente dans ta lumière. Elle n'a pas choisi une source indécise, ni l'eau verte, crépue, lentement balancée, de tes frères les charmes ou les chênes, mais le vif et l'aigu de l'onde du temps. Elle t'a élu, arbre faussement limpide, parce que tu as le port des hautes graminées, le sourire circulaire d'un ciel qui se ressuie. Parce que tu n'en finis pas de te dégager de ta taille mince. Parce qu'en toi sans cesse la rêverie se brise et se reforme et que le jour palpite de toutes ses facettes – arbre à songe indéfini (toute pensée cohérente engagée dans la trémie), mais non moins chargé d'un réel qui, vivace, se reproduit dans un étincellement de pertuisanes, un poudroiement de pépites brassées dans l'eau.

Au reste, ce n'est pas sur le ciel que se tient la jeune fille nue, mais devant la mer à midi quand celle-ci se débat parmi les anneaux rompus de la lumière et la jonchée d'étoiles acerbes. C'est une jeune fille qui a naturellement choisi de prendre place dans la multitude – des regards, des doigts tremblants (et comme brillent les ongles !). Dans la rieuse avalanche de la giboulée ; dans la trame serrée de la fraîcheur. Soumise à l'ascendant des nuages de loisir, elle ne cesse d'émigrer vers la cime. Candide, elle disperse les désirs.

Une jeune fille se tient droite dans le soleil et la pluie mêlés. Mais qu'un peu de vent vienne obscurcir le feuillage ainsi que le flot noircit sous la risée, et c'est un couple qui se dresse, et l'on ne distingue bientôt plus que l'étreinte impatiente grain à grain de leurs épidermes ; que l'éblouissement noir qu'ils éprouvent à se rejoindre enfin ; à s'accoler ; à s'ouvrir l'un à l'autre par mille gouffres intimes. Alors le peuplier nous représente l'embrassement idéal de deux êtres, où se perdraient les têtes, où s'évanouiraient les membres – à l'exception d'un bras nu abandonné au fil de la rivière. Et comme tout devient fluide, facile, un rien échevelé soudain, dans le ruissellement du bonheur, quand le murmure du feuillage dissémine à la ronde le mot "jouissons" ; quand une ville se porte à la rencontre de l'aube et pavoise ses fontaines... Comme le foudroiement les fouaille, alors, ces deux-là ; et que la fièvre les dépenaille...

A moins que ce ne soit le temps qui, avec prédilection, les prenne pour cible.

Un désir d'homme, un consentement de femme plus vorace encore qu'effarouchée, une même hâte inverse brouillant les tempes et les genoux se lisent sans doute en cette torche. Mais *eux*, perçoivent-ils assez que l'amour est ce qui, le plus sûrement, vous désigne au temps ? Et que – peuplier Saint-Sébastien –, les voici plus que quiconque exposés aux sagaies ?

Comme il se trouve mis à nu, l'embrasement bref de ce que le temps traverse... De toutes ses feuilles virevoltantes comme un ballet de papillons verts, une envolée de papiers consumés ; de son ciel même à menues dents déchiqueté, le peuplier flambe depuis toujours – ainsi que paille.

Mais non : c'est nous qu'un miroir aux alouettes éblouit et captive ; nous qu'on lacère et pille. Et si nous savions mieux interpréter les fourmillements de l'arbre qui brandille à tous vents, versatile, sémillant, nous y reconnaîtrions les mordillements de l'anxiété ; et, dans le peuplier, un être qui ne serait que plaies à vif, de partout incisé comme la surface du lac quand le filet s'abat.

L'OLIVIER OU LE FEU

*D*EVANT UNE PLANTATION de vieux oliviers, la vue, le toucher se divisent. Surgie du sol, une cour des miracles végétale nous propose, en fait de tronc, ici un cône d'éboulis, là-bas une pyramide en voie d'effondrement, plus loin une bombe volcanique fichée en terre, un menhir affouillé comme une falaise, des fémurs disposés en faisceaux dont les interstices seraient comblés d'orbites creuses... Ce ne sont, qui décontenancent nos mains, que bosselures saisies de convulsions, nodosités qu'on exacerbe.

Or, surmontant les troncs trapus, ruiniformes autant que des chicots de roche que l'érosion eût dégagés, un feuillage buissonnant, moins soutenu que suspendu – un brouillard de feuillage – se désagrège en libérant une lumière grise blanchissante ; et toute l'olivette en bouillonne et en mousse. Une brutalité figée se résout, sans transition apparente, en une masse spongieuse aux franges digitées. Le bois le plus opiniâtre se mue en lancettes, comme si un extrême raffinement dans les arts du métal pouvait procéder de l'extrême rudesse. ("Et pourquoi non ?", objecte celui qui a vu des fleurs d'amandier sur l'arbre nu.)

Il est des arbres, tel le catalpa, qui n'exhibent que de grosses coupures et d'autres qui s'en tiennent à la menue monnaie. L'olivier darde, en guise de feuilles, des aiguilles de résineux qui se seraient élargies de part et d'autre de la pâle nervure médiane. Ni lobes ni dentelures : oblongues – et l'on pense au pétale de la grande marguerite, à l'aile de la libellule –, l'austérité leur sied, qui s'accorde à leur échelonnement, à leur verticalité, pour donner au feuillage un sombre pétillement.

Rien, ici, du miroitement liquide du peuplier, mais l'éclat pulvérisé de la vague rejaillissante qui, dans son envol, passe outre au rocher. Et nous nous étonnons qu'il faille tant de bois raidi, arc-bouté, pour supporter une écume de feuillage ; une limaille de bronze ou d'acier selon l'instant ; ou encore la fleur de cendre qui nimbe un grand feu de ronces laissé à son cours.

Obliques ou droits, les limbes émaciés donnent au feuillage la pâleur de leur envers. Tombée du ciel, la plus vive clarté se meut ici dans une gamme de tons fanés, de nuances de vieil étain, tels que sur la plage quand on s'avise qu'un beau jour a renoncé.

Le peuplier, le saule, l'érable, l'alisier sont d'hier et d'à-présent ; mais de quel temps au juste, cet arbre ébouriffé (les tailles du pin s'ordonnent ; ici le graveur était ivre) – cet arbre qui se revêt de gloire révolue ? Trop de siècles ont-ils passé sur lui, pour qu'il soit ainsi délavé, ou doit-on incriminer une lumière excessive ?

Devant ce ciel impassible qui semble favoriser le travail du damasquinage et du repoussé, des noms de pays affluent en nous, qui parlent d'azur immuable, d'eau parcimonieuse, de lumière verticale, de paysages que feutre la chaleur : Cyclades et Phénicie, Crète et Liban et Tunisie, Fayoum et Grèce, Andalousie et Numidie... Et c'est là désigner le réservoir et l'enclos des dieux antiques ; le milieu le plus propre à la sagacité ; le climat même de l'hédonisme.

De quel temps, ces troncs perclus, cette vêture dépenaillée, doublée de bure ? Là-bas, en Attique, une très sage déesse fait jaillir un arbre nouveau d'un coup de lance sur le sol. – Et qu'on ne cesse, pour ce présent, de lui rendre grâces !... En deçà, ou au-delà, on ne sait, une colombe rapporte un rameau de même essence au pilote d'un vaisseau fermé, en l'an six-cent-un de son âge. En un lieu-dit "pressoir d'huile", huit arbres semblables se souviennent encore d'un Homme amer qui veilla seul parmi la jonchée de ses disciples endormis...

De leur silhouette où s'inscrit un mouvement de fuite, certains arbres désignent leur tourmenteur. Ainsi la ramure d'un pin littoral a-t-elle dû composer entre ce qui voudrait vous édifier selon le fil à plomb, le niveau d'eau, et ce qui vous repousse et vous foule d'une cavalerie aérienne.

Malgré les grâces d'aigrettes d'un feuillage qui rend toute lumière frisante, frissonnante, – ce poudroiement minéral, aux lointains de cimenterie ! – l'olivier, lui, proclame avec véhémence une difficulté d'être tout interne. Il dit ce qu'est une croissance pleine de repentirs non effacés qui imposa aux troncs des torsions et boursouflures ; aux branches maints contournements d'invisibles noyaux de quartz.

C'est à la faveur de l'hiver, souvent, que les développements se révèlent harmonieux ou tourmentés, alourdis de dissonances ; mais en quelque saison qu'on l'aborde, un vieil olivier est l'image d'une exaspération pétrifiée. Et d'abord, on ne voit dans les troncs aux empattements de fromager que des poignes d'usurier tortueux. Puis on pressent le vrai : la poigne est souterraine ; c'est elle qui inflige aux fibres ces contorsions et ces déchirures ; elle répond à la permanence de l'azur, à l'émulsion de feu où la meute harcelante des cigales sans fin se régénère – et c'est la poigne de la soif.

Parfois, les oliviers deviennent une rivière tenue de court, une rivière trépillante sur son lit de gravier, ou qu'une main plane parcourrait à contre-fil pour lui donner un granité de surface. Mais le beau leurre que cette eau courante, volante ; que cette giboulée qui s'écraserait sur la vitre, en un sourire... Et pourquoi même invoquer l'eau quand l'arbre attisé par le vent est à la fois la flammèche et la cendre ?

Pris en tenaille entre l'inflexible âpreté du ciel indigo et une soif couleur de latérite, l'arbre va convertir le dénuement en faveur, la torture en bienfait. L'olivier élabore donc un bois où passe, de l'ancre et du grappin, l'entêtement dans l'étreinte ; un bois qui, rebelle au ciseau, donne à l'ébéniste tout loisir de considérer les veines fauves et les marbrures, et de leur demander l'inspiration. Un bois pour la massue d'Hercule, si satiné pourtant au terme du polissage, qu'on retrouve en lui le velours d'ivoire verdâtre des pétales, et que l'effleurer vaut une caresse reçue.

Dur et suave, le bois toute fraîcheur ; dures et polies, les pendeloques ovoïdes qui jalonnent les rameaux comme autant de projectiles en attente et qui seraient des fruits de disette, des drupes à pulpe coriace, amères et âcres, si l'homme, né ingénieux, n'avait relayé l'arbre en ses torsions.

Extraire – de la sigoise, la picholine, la turquoise, la manzanille, la sévillane... –, extraire un fluide à saveur de cartilage et qui soit suavité servile, évanescence insistante, viscosité close sur soi ; un fluide qui donne corps ductile au jaune paille, au vert ambré, au jaune d'or...

Extraire l'Huile même – la jeune fille gracile,

intouchée comme Pallas –, pour les magasins de Phaïstos, les muscles des athlètes et le teint des belles ; pour les lèvres cuisantes de la plaie... Et qu'elle brûle dans la tempête... – "Non, dit Yahvé : dans la Tente de Réunion ; à perpétuité devant Yahvé. Et qu'on lui ajoute de la myrrhe, de la casse et du cinnamome : elle aura le pouvoir de consacrer".

(Oindre est, à l'oreille, sans assise ni contours stricts. Est-ce pour cela que le mot suggère si bien un toucher à pulpe de doigts que la douceur érode et presque abolit ? Qu'il convient, abrupt et fugace, à un acte souverain, pénétré de soi, aux effets infinis ?)

Comment ne serait-elle pas digne qu'on la sanctifie, l'huile composée contre toute apparence par un arbre aux fibres distordues de soif ; au feuillage que dilacère, vertical, un éclat de pointes de sagaies et qui fut témoin de la naissance de la Fable, de la promulgation de la Loi, de la Passion de l'Homme...? Sous l'ironie d'un ciel qui nous induit au bonheur et nous verse la lucidité,

un arbre pour climat de *porte étroite* et d'anathème jeté contre toute fadeur ; un arbre sans âge
à tronc de termitière tire la bénignité de la rudesse et, de l'embrasement des airs, un baume de
fraîcheur infusée. Et tel est bien le fruit le plus
singulier de la soif... Aussi, à ne devoir conserver
qu'une image, que ce soit celle, au pied de Del-
phes, où trois millions d'oliviers descendent vers
la mer en troupeau qui va s'abreuver.

LE CHÊNE OU LA TERRE

*U*N ARBRE peut prendre figure d'événement. Il suffit qu'il bouscule, par ses dimensions, l'image mentale que nous avons d'un arbre ancien. Par ses dimensions et par la mystérieuse dignité qui le revêt et lui valut de s'élever très au-dessus de la condition commune ; de se trouver *élu* ainsi que le sont la reine des abeilles ou un guide spirituel. Et l'on voit bien quels dehors la majesté revêt, dans le règne végétal : une élévation où l'exhaussement est sensible ; une grandeur qui s'épand et cascade ; la mansuétude dispensée telle une manne – ce qu'autorisent une stature confinant à la démesure ; un port qui rétablit la rectitude de notre épine dorsale, la continuité de celle-ci et de la nuque.

Pour concevoir qu'on ait pu rendre un culte au chêne rouvre, qu'on ait édifié un temple autour du chêne oraculaire de Dodone, sans doute faut-il avoir vu un tel arbre vieux de trois siècles faire irruption de terre et, à vingt mètres de haut, s'annexer l'espace*.

Drus ou l'arbre même. Le modèle. L'arbre pourvoyeur en pluie par le truchement du tonnerre ; l'arbre nourricier. L'arbre robuste, encore. Celui qui, tirant sa subsistance de plus profond, jusqu'à fréquenter la roche, ne s'accroît qu'insensiblement. Laissant au peuplier épris de grâces vite conquises sa fragilité d'os humains, le chêne se propose pour tout ce qui doit faire front, s'arc-bouter, porter sans fléchir, s'immerger sans se corrompre ; autant dire pour la charpente et l'étai, la coque et la douelle, le plancher

---

* Ainsi du chêne "Stebing" dans la futaie Colbert, en forêt de Tronçais.

et le batardeau. Ainsi que pour le feu perpétuel des Vestales.

Avec cette colonne unique et son entablement, voici réalisées l'idée, la synthèse du temple. Et les yeux, devant cette construction qui eût complu à Amon-Rê, les yeux de chercher la futaie de Karnak aussi bien que la nef de Cluny. Mais ici, c'est Zeus qui hante l'édifice, et le roucoulement syncopé d'une colombe ne doit pas nous sembler insolite en ce lieu hébété de puissance, ô Péléiades...

De son écorce plus guillochée qu'un rivage au reflux, sillonnée de crevasses comme une peau de pachyderme qui se serait rétractée, le tronc décourage, humilie la ceinture de nos bras. Il est telle une parfaite citadelle dépourvue du moindre jour qui, étrangement, porterait un bosquet sur sa terrasse. Ainsi passe-t-on de la sévérité du bâtisseur de tour à la fantaisie d'un ordonnateur de bocage ; de l'immobilité d'un gisement exhumé, dressé, à la fièvre d'adieux sans fin poursuivis ; du silence à densité de plomb, à une rumeur de dissuasion, de fuites contenues de justesse et parfois, avec le vent, au feuilletage d'arènes flambantes de foule. Cependant que la terre et la lumière fondent tout cela dans une réalité qui a la calme et farouche présence de la montagne : un arbre de grande antiquité.

Mais l'œil vient à peine de saluer le jaillissement et, mieux, le prodigieux arraché, qu'il voit, en l'arbre, l'épieu qu'une poigne de géant aurait fiché droit, assenant un tel coup que le sol dût en être défoncé de part en part ; que le globe en reçût son axe de rotation. Un coup de la nature du foudroiement.

L'arbre de Zeus, oui, que le dieu honore parfois de sa semence pieusement recueillie par nos druides. Le fût comme foudre. Et nous, *étonnés,* sentons la souveraineté s'établir selon une double voie. Ascendante, par cette façon qu'a le chêne de tout prendre de très haut, de très loin ; de nous imposer une révérence croissante à mesure que le regard s'élève par un rugueux chemin obligé, jusqu'à ce que, tête à la renverse, nous lui présentions notre gorge. Descendante, en ce qu'un arrêt décisif, tombant des nues, rend notre pensée gourde et fait de nous un Pygmée.

Le peuplier s'entoure de ses bras grêles, invocatoires ; le tilleul courtise le sol par longues branches flexueuses ; le saule pleureur érige en dôme l'accablement, – le chêne s'attable par l'espace. Mais qui, s'il n'avait vu cette propagation de muscles ossifiés par l'effort, se douterait des obstacles rencontrés par la nuit terrestre quand elle chemine parmi la substance du jour ? L'espace est donc si dense qu'il ait fallu recourir à des coudes brusques de rivière qui se ravise ? Quels noyaux, limpides, y trouve-t-on, qui expliqueraient ces contournements, ces bifurcations ? Ce que le bouleau réussit sans se départir de sa gracilité voudrait ici une âpreté constante et un tel déploiement de force que nous pensons au colosse arborant un bouquet ?

Il est vrai, nous sommes en présence d'une conquête accomplie à insensibles, interminables ahans. Simplement, si les dieux et les hommes y consentent, elle ne sera pas, de mille ans, remise en question.

Mais quittons la futaie où nous reçûmes, d'un projectile dénommé chêne, une mémorable leçon de *hauteur*. Au milieu d'un pré ou à un croisement de chemins, aux abords d'une ferme, un arbre nous attend qui, lui aussi, a des feuilles à bras courtauds, à bras ouverts (ce sont feuilles qui se donnent) ; des feuilles poissons plats encore, tout en nageoires arrondies.

Un arbre. Seul en son aire. Qui fait refluer les haies au loin – et il n'y a plus sur la terre, hors lui, qu'arbrisseaux. Un chêne non de chênaie, mais qu'un homme planta – en quel jour enseveli sous deux siècles de cendres ? – pour marquer son territoire, ou pour mieux assurer son ère propre. Et nous qui voyons l'arbre en sa plénitude, nous sentons bien, avec déférence et horreur mêlées, qu'en lui des lignées se perdent, se confondent, et qu'il traverse, monstrueux, tout un étagement d'humains. Que loin de sauve-garder une mémoire, il est, à la face du ciel, une explosion figée d'oubli.

La proximité de congénères, l'association avec le hêtre que le forestier lui impose corsètent à distance le chêne, ne lui concèdent pour échappatoire que la fuite vers le haut. Mais qu'on le laisse tôt déployer, amonceler son envergure naturelle ; qu'il puisse à son gré écarteler l'espace à longues branches flottantes, en désordre superposées ; qu'il croisse solitaire enfin, et sa puissance d'amplification nous écarquillera le corps et l'âme même.

De rigueur, d'élancement, le chêne en liberté n'a cure : il n'a pas reçu, ainsi qu'il s'en donne en forêt, des leçons de maintien ; il refuse la longue contention des fûts grégaires – hauts monolithes que nous interrogeons comme les statues de l'île de Pâques.

Par son tronc difforme, déjeté, il déverse au plus tôt, autour de lui, de râble en râble, la force brute du rhinocéros. Il provoque, toison de bélier à toison, cet autre mâle qu'est le soleil ; et il se fortifie de leur affrontement. Ne s'agit-il pas d'étendre par l'espace, indistinctes, la protection et la domination ? (Et le dais qui s'étoffe, de nous confirmer le trône.) Ne s'agit-il pas, en s'environnant de points extrêmes comme autant de cimes, de se constituer en triomphe ?

La puissance des choses forgées... Au milieu des champs, dans une fluidité d'ailes battantes, dans l'insensible élongation de la lumière, le roc fait saillie et se poursuit par l'arbre ; l'ombre froide et fade émerge et se ramifie ; elle se charge de senteur fauve et d'un principe d'astringence et d'imputrescibilité.

La puissance des choses massives... Quelle ascendance attribuer au tremble, au frêne, au bouleau, à tous les arbres fluviatiles, à pendeloques, à girandoles, toujours tentés par le divertissement ? Mais devant un grand chêne solitaire, devant la redoute aux crevasses convulsées qui lui tient lieu de tronc, l'interrogation n'est plus de mise : c'est de la croûte terrestre qu'il procède. C'est d'elle que monte le frémissement qu'interprétaient les prêtresses de Dioné, au pied du mont Tamaros.

"De l'union de la Terre et du Tartare naquirent les Géants ; et je suis précisément Briarée aux cents bras. Si Zeus parle par ma voix, je suis d'abord l'émanation de la Grande Déesse primordiale, de Gæa, la Terre-Mère, et le lieu entre tous de ses épiphanies.

"Qu'il vienne à moi pieds nus, celui qui s'éveille à demi égaré, dans la jonchée de ses rêves, et qu'il m'étreigne de ses paumes et de sa joue. (Autour de lui, l'horizon de l'aube remis aux coqs est telle la ferrure que le charron dilate en un feu circulaire.) Qu'il m'étreigne et pèse longuement, éprouvant l'inébranlable ; et il verra précipiter les brumes de l'esprit, puis se former dans l'être décanté l'alliance rare de la sagesse et de la force."

III

SUR QUATRE LETTRES
D'UN ALPHABET DE LA FORÊT

$\mathcal{A}$INSI QU'IL Y A L'HOMME et des hommes, il y a l'Arbre et des arbres. Soit, des milliers de façons de s'ériger, d'occuper l'espace, de désigner le ciel, de porter, de distribuer sa charge, de composer avec la lumière, avec ses pairs et ses rivaux, de pactiser avec les saisons, d'élire des coloris, de concevoir une inflorescence, d'opter pour un mode de fructification...

De là qu'on prêterait volontiers aux diverses essences de ces traits de caractère qui distinguent les hommes entre eux. Aussi, tel arbre nous semble-t-il austère ou chagrin, et tel débridé ; celui-ci modeste et cet autre épris de soi ou plein de faconde ; celui-là bienveillant, protecteur, quand son voisin publie sa hargne... De quoi susciter l'affinité ou le dédain, l'indifférence ou le rejet.

Et cependant celui qui aime l'Arbre, qui s'est longtemps pénétré de son dessein, de son ordonnance et s'il se peut de ses vertus, sent bien qu'il y aurait profit à l'écouter en chacune de ses variations ; qu'un éloge de l'Arbre devrait se prolonger par des louanges particulières qui rendissent pleine justice à son invention en fait de port, de fût, d'écorce, de ramure, de limbe, de pièces florales et de fruit ; en fait de sous-étage et d'ombre.

Quatre petits portraits en pied diront plus loin mes prédilections ; mais que d'espèces et de variétés m'eussent enseigné, au prix d'une attention soutenue... J'invoquerai donc ici, qui me sont autant de remords,

l'alisier blanc, arbre gallinacé bas sur pattes, à dos rond et plumage renflé ;

l'amandier pour le temps où il se vêt de ses seules fleurs : éparse en une coupe de lapis, la roseur d'une neige à l'aurore ;

l'araucaria du Chili tel que, brandi à la ronde, un récif de madrépores ;

le bouleau d'Europe, gracile et délié jusqu'au bout des ongles ; le bouleau pour son tronc façonné par la lune, son feuillage qui s'enlève, plus léger que l'air, et qui répand des tavelures sur un ciel d'automne ;

le cèdre du Liban, étagement de pales moussues, stratification de péninsules flottantes menacées de submersion ;

le charme pour son refus du cylindre, les torsions de son tronc cannelé, sa hâte dans la subdivision ;

le châtaignier qui s'étoile de sa profusion lancéolée – ses bogues d'octobre ouvertes sur un museau de hérisson ;

le chêne vert qui élève le houx à la dignité d'arbre et nous donne, parmi les ossements de l'hiver, le leurre d'un feuillage que la défoliation épargne ;

le cormier en souvenir de nos défis d'enfants

– à qui mangerait l'un de ses fruits verts d'une âpreté de pierre ponce ;

le coudrier de Byzance, grand intercesseur des eaux captives souterraines, pour la raideur de son port pyramidal et l'involucre – inquisiteur ? – de la noisette ;

l'épicéa commun qui empile, en ordre décroissant, des toits de pagode ;

l'érable qui nous ouvre toute grande la main ; l'érable où l'automne établit sa forge ;

le frêne commun pour son feuillage aéré que moire une clarté de haute avoine ; pour ses amas de pendeloques mordorées, colonies d'anatifes ;

le ginko biloba, aux feuilles en papillotes, pour sa si longue mémoire ;

le magnolia – grandiflora ! – ouvrant ses fleurs aux candeurs de nymphéa sur un sombre désordre d'ellipses laquées ;

le marronnier d'Inde, arbre enclos, tumulus d'éventails, pour ses chandelles de mai jaspées de rouge, et l'acajou lustré que sa bogue délivre ;

le mimosa pour ses feuilles où triomphent et

la taille du graveur et l'empenne de la flèche ;
pour ses fleurs – flocons d'étamines – qui donnent quel parfum au velours du vieil or ;

le mûrier noir des jardins de couvent, de manoir, dont nous attouchons à distance les feuilles pubescentes ;

le noyer astringent, à la sombre fraîcheur d'ubac – et ses folioles découpées, dans du chevreau verni ;

l'orme champêtre, haute source aux retombées cascadantes, où l'indécision de silhouette et de ramure gagne le bouillonné des samares ;

le pin de Bosnie, de bas en haut portant bougeoirs ; et le pin noir adulte, démantelé par les profondes rias du ciel ;

le pignon qui soutient son houppier à bout de bras, à bout de doigts, (qui suit la Via Appia, chemine de toast en toast) ; sans omettre le pin sylvestre qui érige la nonchalance en parasol ;

le robinier aux rugosités de roche métamorphique, aux feuilles nées d'une pointe de pinceau s'exerçant à ranger sur le ciel des touches symétri-

ques ; le robinier noyant au printemps l'épine om-
niprésente dans les suavités d'un miel volatil ;

le saule pleureur quand, au bord d'un étang
– miroir de larmes –, il se regarde rouir et teiller
des fils de chaîne...

Tous ceux-là, et d'autres encore dont le nom
déjà me requiert, car on ne saurait être sans mé-
rite à s'appeler l'aune glutineux, le cornouiller
touffu, l'eucalyptus bleu, le hêtre pourpre, le mi-
cocoulier, le paulownia, le plaqueminier kaki,
le savonnier, le sophora ou le tulipier.

LE CYPRÈS

$\mathcal{M}$AINTS ARBRES jettent leur ramure de part et d'autre ; ils admettent un ciel qui les pénètre, les éclabousse. Tous ses bras relevés enserrant le tronc, le cyprès se dresse d'un jet et se revêt d'une haute cagoule ; mais son feuillage aux concrétions d'ombre, ses contours de "cheminée de fées" le tirent vers le minéral. A la fois obsidienne et ponce, un filon de roche volcanique injectée en des strates hyalines, impondérables.

Face aux arbres baroques et parfois flamboyants qui dispersent leur espace et l'échevellent, le cyprès est la figure d'un haut dessein conduit avec une extrême économie de moyens. Un vœu unique, austère, monté du sol, s'est accompli. Un vœu, une visée, un acte purs. L'œuvre de qui n'a guère composé avec le site, alors que tant de feuillages avouent le compromis. Lance, jalon, geyser fossilé, on le soupçonne de peu priser le peuplier et ses balbutiements – ses grelottements de lèvres ! Obstinément opaque, insensible aux sollicitations de la lumière, évinçant la brise d'un déhanchement bref, il impose silence – et le regard cherche la bouche sur laquelle, avec autorité, la cime se pose. Ainsi dressé sur le ciel, il est aussi patent et obscur que le doigt levé dans le *Saint-Jean-Baptiste* du Vinci.

Que désigne-t-il ? Ou qu'invoque-t-il ? De quoi est-il la sinistre mémoire ? Puisqu'on le dit de Grèce ou de Crète, comment ne pas voir se profiler derrière lui Médée ou Clytemnestre ? Et n'est-il pas, lui-même, qui ne cesserait de crier vengeance, une large coulée de sang noir séché ; de ce sang rebelle à tous les parfums de l'Arabie ?

Le paysan méditerranéen demande aux remparts de cyprès de rompre les reins du vent, de l'étouffer en leur épaisseur ; mais c'est le tragique épars en ces contrées d'antiques forfaits qui s'agrège alors à la face du ciel. A moins qu'on ne voie là, qui voudrait rédimer le crime, une procession figée de pénitents noirs.

Que l'homme, du moins, qui flanque sa maison de pierre d'un cyprès *sempervirens* soit sensible au dialogue, aux infinis rapports d'affinité qu'il vient d'instaurer...

D'autres arbres, à quelque distance, entourent l'édifice. Hirsutes, aérés, d'un maintien relâché, ils regardent, ils assistent celui qu'on éleva à la dignité de témoin privilégié, de témoin et d'interlocuteur, pour son port altier, sa taille si longuement prise, et son goût des ocres où verser son ombre. Tête à tête, désormais, une maison et cet arbre à lance non ébarbée.

La demeure procède du plus stable de la terre. Par elle, l'assise rocheuse, inébranlable, se fait jour et se propage en hauteur. Voici l'ordre minéral en sa rigidité essentielle, sa géométrie occulte que la multiplicité des plans rend manifeste. L'armature des arêtes et des lignes d'avant-toit, les figures pures et combles qui en naissent développent sur chaque face une tension défensive : la cohésion du matériau paraît s'affermir de l'économie des droites, de l'équilibre des aires. Telle, cette maison où se poursuit, indéfinie, la translation d'un fil à plomb, a l'évidence et l'immutabilité des axiomes.

De ce solide qui va l'abriter, lui et les siens, et leurs pensées, l'homme aime la carrure, l'inertie limite, la pesanteur aux vertus d'ancre, et ce raidissement général face au mouvant, à l'insinuant. Le monde est toujours plus vaste et hasardeux, mais ce refuge l'en retranche, dont l'aspect est à dessein sévère : ainsi sont mieux perçues, porte franchie, l'aise et la tendresse qu'il renferme.

Sans doute le cyprès vient-il non moins de la terre, mais il doit tout au sol arable, même quand il prend appui sur une apophyse pétrée. Et si lui aussi impose au ciel une verticale – celle qui à la fois le gouverne à la façon des autres arbres, et qui le rassemble et l'érige en point d'exclamation –, c'est là une ligne que sa souplesse étoffe ; que la cime oriente, encore, quand l'arête est l'épure de la foudre.

Maison et cyprès sont bien des excroissances de la terre, mais l'arbre seul fait, dans l'espace, office d'antenne. A la passivité sans nuance des murs face à la brise, à l'averse, à la bise, il oppose sa sensibilité de vivant. Jusque dans l'immobilité il scrute et s'informe. Puis il fait signe – et ses messages sont explicites. Aux murs immuables, bardés de leur certitude, il rappelle qu'une vie variable, éparse, immense circule ; que si on peut suivre les progrès du jour sur un déroulement de façades, lui est un style de cadran solaire ; qu'il n'est pas qu'une façon de résister à la tourmente ; qu'il est peut-être plus méritoire d'osciller, voire d'errer, dès lors que toujours votre *sens* se ressaisit de vous.

Que servirait de souligner les dissemblances ? Par sa robustesse, son dépouillement, son laconisme, cet édifice est un être mâle, même si le dedans a par essence une autre nature. Lui adjoindre un cyprès, c'est le confronter à la mobilité, la souplesse, la grâce, le soupir ou le chant ; c'est le pourvoir de féminin. A la pierre péremptoire, l'arbre fait valoir les droits du balancement, de la controverse ; à l'âpreté de l'arête, il enseigne, quand d'aventure un bel air musarde par l'espace, les vertus de l'ondoyant.

Le cyprès et la maison forment un couple exemplaire.

Mais de quelle sorte, celui du cyprès et du tombeau ?

Devant la concentration de dalles inégales empilées deux à deux – pierres de quel gué, pour quel rivage ? carrelage disjoint de quelle marelle ? restes de quels piliers quadrangulaires sectionnés à la base ? –, ni les frontons, ni les croix dressées au chevet des sépultures n'atténuent notre sentiment : voici un enclos de défaites ; une enceinte de choses fauchées net.

(Et nous, de chercher des yeux l'exécuteur ; lequel ne saurait être que dans la position du tireur couché.)

Au-dessus de cette flottille coulée à pic – et il faut hanter les cimetières pour éprouver la pesanteur en son étendue – ; parmi tout un jeu de perspectives chevauchantes, contrariées, disloquées – et la superbe de quelques monuments tire de nous un sourire apitoyé : "Ainsi, vous n'avez rien compris !... Ou qui pensez-vous donc abuser ?" –, le cyprès produit la perpendiculaire et l'assujettissement des dalles s'en accroît.

Trop ancien pour s'émouvoir d'une brise, l'arbre est d'ordinaire immobile. A moins que tant de stupeurs convergeant vers lui ne le paralysent ? N'entend-il pas comme on passe et passe autour de l'enclave aux murs éraflés de hâte ? "Vite ! Qu'avons-nous à faire d'horizontales raidies, quand celles qui nous attendent, ô plage ! sont mélodieuses et comme façonnées par les corps féminins qui les épousent dans une convenance, une convoitise réciproques ?"

Un peuplier serait ici incongru, qui manque de lenteur, de réserve, de contention. Le cyprès, lui, peut se prévaloir du menhir de son feuillage trop raviné pour sourire ; de ses feuilles obstinées et ingrates, pareilles à des doigts de colibri gainés de vert ; de leur suc astringent où s'assemblent, dirait-on, tous les amers, infinis, des morts. Et puis ce noir verdâtre, ou ce vert de fiel... Non, non, il n'est nul besoin de nous rappeler de quoi il est la couleur. (Mais pourquoi la chair en son dernier avatar n'aurait-elle pas sa colonne votive ?)

Placide, solennel, ténébreux – et invariable, le cyprès semble donc ici un arbre d'élection ; et pourtant nos questions reprennent, tant il figure l'énigme et l'ambiguïté. Gardien sans objet du peuple le moins enclin qui soit aux dissensions, aux dissidences ; d'une société idéale telle que les utopistes n'osèrent la rêver – de quelle rive est-il ? Hadès le revendique ; la Parque en ferait volontiers son fuseau ; les statues de pleureuses s'y conforment. Et ne perpétuerait-il pas, ainsi calciné, la foudre qui frappa Sodome ?

Mais de son bois incorruptible, Eros fait ses flèches et Rome des Priape. Ce que nous prenions pour une exclamation, ne serait-ce pas, ainsi qu'il advient aux pendus... ? Or, que d'hommes ici à qui la Mort a passé un lacet autour du cou ! La vie, donc ? L'érection de la vie ? Le Feu selon Mazda, encore ? Une flamme que le ciel aspire à soi – encore qu'un peintre à l'oreille coupée nous ait révélé combien elle était convulsive ? Ah, l'espérance est sévère ; l'espérance se consume en prenant forme, élan. Et c'est sombrement qu'on nous désigne le ciel.

Cyprès !... A qui sait la reconnaître, comme tu exposes, ériges la mort à notre horizon d'insoucieux ; comme tu sais aboucher le noir de l'humus avec celui qui sous-tend l'azur...

A celui qui s'enchanta de l'olivier et du bouleau, du charme et du châtaignier..., comme tu sais rappeler que tu seras le dernier arbre à le voir passer – si humble et lent, soudain.

LE HÊTRE

*C*E TRONC rectiligne, tel un naja dressé, raidi, cette écorce qui a le grain des grosses toiles et dont les dégradés gris bleu annelés de gris cendre nous font à distance des mains enveloppantes, ce tronc, cette écorce à flatter de la paume ainsi que l'encolure du pur-sang que la course a lustrée, – c'est là le hêtre en son élancement.

L'écorce du chêne avoue l'âge, le labeur ingrat, la contention obstinée ? Le fût du hêtre dit la ductilité d'une pâte céramique étirée vers le haut. Colonne pure jalonnée d'embryons d'ergots, d'yeux en amande et parfois de la vulve d'une jeune mulâtresse, il transperce, de sa lueur vieil argent, les strates feuillues ; il s'y décante, s'en dégage en une clarté d'embellie. Ainsi, les bras levés, sur la pointe des pieds, dans une élongation extrême, portons-nous notre simple bonheur d'être jusqu'à hauteur de nos ongles.

Si le diamant du vitrier est à l'œuvre dans l'épaisseur de la frondaison, la rectitude se revêt de grâce ; la souplesse du serpent irrigue d'un reflet vertical le flanc du fût. Aussi une hêtraie – forêt lisible, forêt lucide – vit-elle dans une fluidité ascensionnelle. A peine moins flagrante que chez le peuple des bouleaux, l'adolescence y dure – qui doit encore à la gracilité des rameaux.

Des baguettes rondes fusent du tronc, obliques, au plus loin ; où l'œil croit voir un réseau fluvial à forte pente fustiger le ciel. D'autres trament, transversales, qui semblent mettre en place des plombs de vitraux Renaissance, ou l'armature d'émaux cloisonnés...

Se subdiviser afin d'essaimer, de répartir ; afin de coloniser les entours, par force frondes. Le hêtre a le sens de l'aise latérale. Il jonche, il mouchette l'espace, étageant autour de lui des présentoirs pour mosaïques de feuilles, des éventails de nageoires dorsales ; lesquels semblent flotter entre deux eaux, dans une clarté glauque d'aquarium négligé. Le fût s'environne d'une brusque effeuillaison qu'une magie aurait figée dans sa chute. L'étalement, l'écarquillement prévalent si bien en sous-bois qu'une sereine allégresse, vacante, attend nos lèvres.

Qui a vu le hêtre sous futaie de chênes sait qu'il peut croître dans leur ombre. Ceux-ci ne sauraient vivre que dans un face à face avec le soleil ; celui-là est un arbre pour lune par les bois, et l'écorce le dit. Placé auprès de l'arbre mâle entre tous, le hêtre le contraint à se dépasser, à ne pas trop tôt ceindre la couronne des branches maîtresses. Dominer ; le chêne n'a d'autre destin. Dominer pour n'être pas asservi et n'y pas survivre. Fuir par le haut l'oppression de l'humilité, de la grâce. Préserver une hiérarchie toujours précaire. (La hêtraie est le stade ultime de toute forêt ensauvagée ; elle sera la forêt dernière, les chênes mêmes anéantis.) Puissance du féminin....

Au demeurant, où avons-nous déjà rencontré fourches si pures ? Ce n'était pas, non, chez l'aune ou l'érable, le platane ou le pin, et non plus chez le chêne aux branches pressées de s'affranchir – et cette hâte paraît dans leurs contorsions.

Ces aisselles et enfourchures où le ciel s'est décanté, ces évidements qui font la clarté plus intense, ce sont les ogives mêmes de la femme. Elles sont inversées ? Voici, à ne s'y méprendre, un torse étroit de petite fille, le bassin à peine renflé, et les deux cuisses maigres entrouvertes. Au-dessus, est un cou indéfini ou peut-être une taille de guêpe qui se propagerait. Des membres se dégagent du tronc et, pour un temps, ils le fréquentent à faible distance ainsi que pend un bras, au long de notre flanc. D'autres s'accolent à la façon des colonnes engagées ou plutôt des chevaux qui s'étreignent, de l'encolure.

(Mais toute lecture est licite.)

Féminins sont ces bras en nombre, ces bras épurés de danseuse ; ces cuisses aux beaux ovales, partout immanentes ; ces échancrures en amande... Une caresse rôde ou furète parmi les troncs, par tous les interstices, en quête de l'aine ouverte si candide.

Le mot *convoler* prend partout corps.

Mais l'œil bientôt délaisse les détails. Abstraite et tangible, une jeune et haute femme est là, dont le corps a l'ébranlement du navire à l'ancre quand la marée engorge la rade. Et que ce hêtre se tienne parmi les siens, c'est très réellement que, tête en bas, nous *la* voyons s'éloigner, toute en son torse droit et dans l'oscillation de ses longues jambes, incisant sa race native comme on fend le flot.

Elle nous échappe, en belle femme que sa marche divise, multiplie, féconde, reproduit ; en femme perspective pillant nos yeux à loisir. Et c'est ainsi qu'une hêtraie est moins une forêt qu'une clairière traversée de fuites pudiques (tant de nudité manifeste et que voilà surprise...), à grands jambages réguliers qui sont dédoublements successifs, réfraction indéfinie du même arbre :

Quelqu'un – une hamadryade ? – de tronc en tronc s'esquive et se joue de nous, prodiguant une apparence obstinément en retrait ;

Quelqu'un, et ce ne saurait être qu'une femme, nous ravit, nous décontenance d'un bonheur, d'une grâce à claire-voie...

Qui s'avisa de qualifier ce hêtre-ci de *commun* ?

LE PLATANE

A LA FAÇON des rivières an-
nulant leurs méandres ou capturant un cours
d'eau voisin, on voit des routes, et parmi les
plus anciennes, infléchir leur tracé pour couper
soudain au plus court. Aussi, le platane est-il de
ces arbres que l'homme chargea de mettre bon
ordre aux divagations de ses chemins. Et le voyageur qui a suivi une voie ainsi *encaissée* peut
dire avec quelle autorité il fut mené au port.
On le devançait, on l'escortait en l'étreignant, à
distance, au passage. Il lui suffisait donc de *monter* vers l'étroit passage qu'on lui ménageait à
mesure, là-bas – tel le grain de sable gagnant
inflexiblement le nœud du sablier.

Pourtant, quelle image garderait-il du platane, celui qui ne l'aurait vu qu'en sa double théorie de mainteneurs et de guides, même s'il eut la sensation d'avancer, ainsi qu'entre deux glaces parallèles, en une perspective infinie de reflets d'écorce ? L'image d'un suppliant à moignons brandis, qui en vain se munit de doigts – pour dénoncer l'émondeur ? Moins un arbre qu'un tronc à toute épreuve mais surmonté d'un gaulis enchevêtré, sorte de monstrueux végétal mi-fourche patibulaire, mi-balai de branchages dressé. Et quel nom lui donner qui ne lui soit dérision, alors que j'ai rendez-vous, en quelque parc, avec un *Platanus orientalis* en son intégrité ?

Qu'on le laisse croître sans entrave ni mutilations, et le platane devient un Grand d'Espagne. Doit-il sa race à son tronc cylindrique qui sait faire attendre un long temps les branches maîtresses ? A la marqueterie de l'écorce chagrinée, à ce puzzle de ciment bistre et de ciment verdâtre ? A la membrure portée haut, dont l'hiver nous révèle la coordination par sinueux entrelacs et retombées de branchilles torses comme des anglaises – au bout desquelles le ciel se dévide ? Au feuillage, encore, profus et pénétrable, soutenu de coussins d'air ; au feuillage où le sel brille, quand certains sont telle une nuit tourmentée ? Ou bien serait-ce à l'ample couronne où culmine une élasticité à figure d'insouciance ?

C'est à tout cela, qu'ordonne et régente un jaillissement de geyser, que le platane libre doit ce port de gentilhomme. Nulle pompe, nulle emphase en lui, ni rien de gourmé ; mais la hauteur faite grâce (ou l'inverse) où se faufilerait la puissance ; mais – qui se cherche en ses confins, s'invente et s'accomplit en la couronne – le panache.

A tout cela. Et à la configuration du limbe. Le tilleul croule sous les cœurs ; le platane amoncelle les mains, – poignet à demi fléchi. Ouverte en son expansion extrême, c'est la main qui se jette en avant de nous par un essor d'oiseau captif ; qui se donne à une autre main que l'affection, l'allégresse du revoir ont de même tirée de son possesseur. Simplement, la mince paume s'est-elle intégré les doigts saisis dans leur écartement limite – des doigts radieux ! – pour nous tendre un modèle de palme. Les découpures y tempèrent la sévérité de la symétrie (la stabilité, l'équilibre de ce que le nombre cinq astreint...) ; dégageant les doigts à leur extrémité, elles font de la feuille une main à cinq ongles pointés, où l'empan s'exhibe.

Platane ! Platane bien digne qu'un Immortel soit commis à ta garde... La Grande Déesse en toi se pourvoyait de mains bénisseuses ? Je vois surtout en tes limbes un composé de calme et de tension ; en ton feuillage qui fait flèche, l'approbation perspicace, la bienveillance impérieuse.

Laissons-nous conduire ; l'arbre sait où il va, où il nous mène par d'étroites forêts-galeries sinuant dans la campagne : l'azur lui sied. Non pour se détacher sur lui, compact à la façon des cyprès, mais pour lui soutirer ses vertus apéritives ; pour capter, filtrer, fortifier la sombre fraîcheur de son bleu nuit.

L'azur lui sied, et non moins la brise qui semble dévaler de la pure altitude. Comment n'aurait-elle pas prise sur tant de mains écarquillées ? Mais quand le peuplier en nourrit sa fièvre, le platane y puise une allégresse qui tôt se mue en turbulence. Quand celui-là accueille l'eau vive sur une jonchée de graviers, celui-ci offre un lit encombré de cailloux et les pales à foison de roues tournant dans la discorde.

C'est dans son cheminement vers l'azur que le platane rencontre ces vents aux noms aussi retentissants que le sien – ô tramontane, ô mistral qui fondez sur lui pour y reluire ; qui faites d'un arbre une haute résurgence, une source "vauclusienne" suspendue...

Le temps n'est plus à la nonchalance, quand des papillons à cinq ailes aiguës butinaient à vos confins ; le temps n'est plus de ces délibérations avec la brise, que ponctuaient des hochements de tête – l'incertitude sans cesse ravivée.

Est-ce encore un feuillage, ou une balle éventrée – de parchemins, de feuilles mortes, de papier d'étain, où l'on fourragerait avec frénésie ? Le sec, le métallique et le liquide se mêlent en une flambée rageuse, un enchevêtrement de flambées ; mais *l'eau,* surtout, l'eau divisée, contrariée, impose sa présence par de soudaines averses ascendantes qui prendraient le feuillage à bras-le-corps pour le ravir à la charpente.

Une accalmie permet à un ruisselet de se hasarder parmi des gravières, puis une vague s'élève, déferle et meurt sur une grève de galets ; et si *vrais* sont les brusques déluges, que l'on s'étonne de ne pas essuyer une authentique trombe d'eau – ou bien la grêle qui naît de l'effritement du tonnerre. Le tronc reste impavide, les maîtresses branches oscillent à peine ; mais le feuillage donne tête baissée en lui-même, se déprend, s'arrache de soi pour un fallacieux départ. (Cette voile dépenaillée qui pourtant se gonfle ; cette tension exercée sur l'ancre...) A l'exaspération des airs devant l'obstacle répond la hargne du captif qu'on soumettrait au miroitement de la liberté. Dans la clameur détimbrée qui fuse de l'arbre, c'est bien une double frustration qui s'exprime – avec des accents de violent éveil à une vie qu'on vous refuserait.

Oui, laissons-nous guider, le platane nous entraînerait-il à suivre ce mail ponctué du choc des boules ; à pénétrer – souvenir des jardins d'Academus – en cette cour de collège. Nous ne saurions nous méprendre : le terme du voyage c'est, en un pays au ciel minéral, aux eaux secrètes, cette place de village au centre de laquelle l'arbre peut se déployer au-dessus de la fontaine. Pour transcender celle-ci, pour l'accomplir. Car elle ne serait, réduite à ses forces, qu'un filet d'eau bourgeonnant dans un bassin sous l'ironie du soleil. Mais que l'arbre interpose le ployant pavois de son feuillage, et l'eau se charge et se colore de toute l'ombre précipitée ; l'eau est fraîcheur désormais dardée.

Et le beau devis qui s'ensuit... De ce tintement qui trébuche et de ce cliquetis mat, de ce frouement de perdreau et de cette plongée de rame dans le flot, de cet effluve de berges à l'aube et de cette exhalaison de melon d'eau qu'on ouvre, lequel est de l'arbre, lequel de la fontaine ? Ils ne sauraient le dire, ceux qui s'assoient ici pour contempler, dans une fraîcheur qu'on feuillette et cordonne, le droit déversement de la lumière ; ceux qui attendent, genoux vacants et giron déserté, que l'heure ait achevé de confire le jour.

LE TILLEUL

*L*E TILLEUL n'a pas de nobles ramures : elles ont crû, elles se déversent comme au hasard, sans nulle fierté, à partir d'un tronc gerçuré qui se vêt du lichen des plus vieilles murailles ; mais l'arbre doit à son opulence, à son agencement rameux, d'évoquer un dôme aux retombées de pagode ou de versant de dune. Et ses feuilles encore nous préviennent en sa faveur : sous son couvert, on croit se tenir au fond d'une pièce d'eau envahie de lentilles géantes, ou plutôt de découpes d'un cœur dentelées à dents de fouine.

Un arbre bonhomme, un arbre bienveillant, ce qu'est si peu le noyer ; et le plus familier des arbres non domestiqués, ainsi nous apparaît-il jusqu'en ces jours de printemps où – tel un faux indigent qui une fois l'an, pour que cesse la méprise, ferait montre de ses richesses –, il se métamorphose en un édifice de tremblants amas dorés. "Mont-Dore vanillé", annonçait la carte du menu de noces ; et l'on apportait un saladier de crème où flottaient, à la consistance, à la texture déroutantes sous la dent, des façons de poignées de neige ivoirine qu'une flamme rousse eût frôlée.

De haut en bas, une neige étoilée se suspend, avalanche figée au-dessus d'un épanchement de congères...

C'est dans la moiteur, le chuintement d'un après-midi de juin – quand les vols nerveux des mouches emprisonnent l'air brouillé en leurs résilles parce qu'un orage se condense et se ramasse avant de jeter la griffe d'un éclair –, qu'il faut aborder le *mont* : mieux qu'en un cabinet d'alchimiste, on y surprend la fabrication de l'or.

Parmi les feuilles, des lamelles courbes offrent un socle à de frêles candélabres porteurs de houppes d'étamines si rayonnantes, si débordantes, qu'on lirait un soupçon d'étonnement dans la fleur tout effrangée. Et d'or pâle sont les bracées stabilisatrices, d'or fauve les anthères ; cependant que les filets représentent le point limite de l'orfèvrerie végétale – avant sublimation !

Laissons certains s'éprendre d'un or qui ne réjouit que l'œil ; cet or-ci est odorant !

Il n'est donc pas saoulé de chèvrefeuille, de roses, de seringa, celui qui s'en vient à la rencontre d'un tilleul en fleur par les trois heures de relevée ? Nullement. Sans doute fend-il toujours avec plaisir une touffe, un filon d'odeur, surtout quand le crépuscule les exalte ; mais cet après-midi-là, il souhaite que soutenue, portée haut par un arbre et non rampant au pied d'un débile arbrisseau, l'odeur d'un coup l'inonde et l'astreigne, et descende sur lui en impondérable imposition.

Des senteurs, certaines émeuvent en nous le

plus trouble – ô vénéneux jasmin, capiteux œillet ! – mais la droiture, mais la rondeur de celle-ci qui est, dans la fraîcheur de tant de limbes, "comme un peu de soleil dans l'eau froide"... Une odeur qui vous fait souvenir de tabac blond, de fleur de cuir, de trèfle incarnat séché – sur un arrière-fond de poivre vert ? Lente, sommeilleuse (encore qu'un soupçon d'alcool la maintienne en éveil), une odeur près de prendre consistance et de s'apposer sur votre face – pour un début d'ensevelissement ?

Cet or-ci est odorant et, merveille, il bruit ! L'éminence d'odeur est aussi un grand organisme vibratoire, chantant ; un espace exacerbé d'envols, de brèves trajectoires, de pauses – et comme on perçoit alors une attention appliquée à l'infime... Tout bourdonnant de ses étamines en alerte, le tilleul de juin est telle une montgolfière qu'un fil ténu retiendrait pour un instant encore. (Le mot *ultime* se dessine dans le vrombissement en sourdine.) Ou serait-ce là l'une des tentes rondes du Camp du Drap d'or ? (Car on tisse ce métal, à l'évidence ; on en fait une gaze où nul silence ne saurait s'insinuer.) Ah, comme le dôme du feuillage nous paraît grossier, à présent, auprès de celui, si accompli de sa plénitude, que voit l'oreille...

Abeilles... Un essaim en expansion, en suspension, de flammèches ombre et feu scrute et harcèle les confins de l'arbre. Fleur à fleur, dans un emmêlement de pattes et d'étamines, dans un délicat corps à corps où l'insecte paraît s'engluer. Mais non : prompte et précise, l'abeille imprime à la corolle la palpitation d'aise de son abdomen, le frottement de félicité de ses pattes antérieures et, comme libérée par une chiquenaude, gagne la fleur voisine.

Ce sont bien là des tonalités de mouches d'été quand, soudaines, saccadées, elles innervent l'espace, mais que fondent la cause commune, le labeur unanime – et l'urgence. L'orage se nourrit en effet de ce bourdonnement fiévreux ; il puise des forces dans cette myriade d'exaspérations, dans la durée au grain serré qui en procède. Autour du monceau d'écume mordorée – celle des tempêtes marines ! – la touffeur fade, l'assombrissement du ciel taciturne présagent une discorde des airs. Alors, dans ce sursis, les abeilles brochent en toute hâte une gloire menacée sur la tunique immatérielle de pollen.

L'homme qui se tient auprès de la sphère d'abeilles attisant les fleurs en cyme – l'embarras du choix ! –, l'homme pense avoir abordé à quelque Ile Fortunée. L'âme toujours plus gourde d'encens, il imagine la manne sous les espèces de ce baume volatil qui l'oint jusqu'aux bronchioles, qui poudre sa peau d'un embrun de miel ambré ; il écoute se déliter en lui le mot *émollient*.

Et cependant quelle ombre recouvre le sourire d'aise poudroyante qui le gagnait ? Quelle peine insoupçonnée se révèle ? Serait-ce l'heure plombée, trop évidemment féminine, ô Baucis ? La réponse lui viendra par une soirée d'hiver alors que, portant à ses lèvres une tasse de ti-

sane, des images sépia – des images d'archives !
– feront basculer son présent. (Celle d'un lit à
baldaquin où un enfant, depuis des semaines
brûlant, regardait jusqu'au vertige l'éclipse ré-
gulière du balancier de cuivre dans la lunette du
coffre ; celle de l'armoire aux piles éclatantes de
draps, honneur de l'aïeule, où une poche de
fleurs séchées figurait l'humble recours contre
la fièvre et les ventres dolents.)

Et cet homme, de devoir convenir qu'il ne
sut pas plus soustraire au Temps l'or de ce jour
de juin – irréversible ! – que celui de son enfance.

POÈME 9

I

II

Du même auteur

Achevé d'imprimer en août 2002
sur les presses de l'imprimerie Chirat
(42540 St-Just la Pendue),
pour le compte des éditions
encre marine
fougères, 42220 la Versanne,
selon une maquette fournie par leurs soins.
Dépôt légal : août 2002
ISBN : 2-909422-65-8